Wer liebt vollbringt selbst Unmögliches.

Buddha

Danksagung

Ich bedanke mich von ganzem Herzen bei meinem Mann Peter, der mir immer in allen Lebenslagen zur Seite steht. Dank dir mein Schatz weiß ich auch, was echte, große Liebe ist. Ich bedanke mich auch bei meiner besten Freundin Sabine. Sabine beweist mir seit mehr als 40 Jahren, dass es echte Freundschaft gibt. Und natürlich bedanke ich mich bei diesem wundervollen Land. Thailand hat uns mit offenen Armen aufgenommen und beschert uns jeden Tag Stunden des absoluten Glücks.

Ulrike Baumgartner

Ein Mönch liebt anders

Eine zauberhafte Liebesgeschichte zwischen den Kulturen

Impressum

Bibliografische Information der Deutschen
Nationalbibliothek:
Die Deutsche Nationalbibliothek verzeichnet diese
Publikation in der Deutschen Nationalbibliografie;
detaillierte bibliografische Daten sind im Internet
über http://dnb.dnb.de abrufbar.

© 2020 Ulrike Baumgartner

Herstellung und Verlag: BoD – Books on Demand,
Norderstedt

ISBN: 978-3-7519-5899-8

Über die Autorin

Ulli Baumgartner lebt mittlerweile seit 7 Jahren in Bangkok und hat sich, wie die Protagonistin ihren ganz großen Traum erfüllt. Sie ist mit ihrem Mann Peter in die thailändische Hauptstadt gezogen und hat auch hier ein komplett neues Leben begonnen. Ulli Baumgartner hat bereits einige Bücher als Ghostwriterin für diverse Verlage veröffentlicht. Auch zusammen mit ihrem Mann hatte sie bereits in Österreich ein Kochbuch herausgebracht. Ein Buch mit Kurzgeschichten rund um Thailand ist ebenfalls unter ihrem Namen erschienen. Für den Cherry Media Verlag war sie im Bereich Lebensberatung, Esoterik und Wellness tätig und es wurden unter ihrem Namen bereits 10 Bücher veröffentlicht. Hier drehte sich alles um Themen wie Chakren, Buddhismus, Yoga, Meditation, Achtsamkeit, Resilienz, Minimalismus oder Naturheilkunde. Mit dem Buch „Ein Mönch liebt anders" hat Ulli nun aber ihren ersten Roman veröffentlicht. Die Autorin liebt die Abwechslung und hat in diesem Roman natürlich auch viele persönliche Erlebnisse verarbeitet. Jede Ähnlichkeit mit lebenden oder toten Personen ist rein zufällig und garantiert nicht beabsichtigt.

Inhaltsverzeichnis

Ich mach die Fliege

Nun lebte ich schon ein halbes Jahr in Thailand, genauer gesagt in Bangkok, in der riesigen Metropole, als eine von über zwölf Millionen Einwohnern und ich fühlte mich gut, richtig gut, all der Stress, all meine Sorgen und Ängste, meine Verzweiflung und meine Panik Attacken waren verschwunden. Wenn ich diesen Entschluss weg zu gehen nicht gefasst hätte, ich weiß nicht, wie lange ich dann noch überlebt hätte.

Also packte ich meine wenigen Habseligkeiten und haute ab. Viel gab es nicht, das ich zurück lassen musste, ich war fast vierzig Jahre alt, hatte weder Ehemann noch Kinder vorzuweisen, ein Umstand, der mich schon sehr oft zum Verzweifeln gebracht hatte. Dabei hatte ich die Familienplanung nicht etwa irgendwelchen großartigen Karriereplänen geopfert, nein, es hat einfach nie geklappt, weder mit dem Partner noch mit dem Schwanger-werden.

Und ich hatte es wirklich oft versucht, ja regelrecht darauf angesetzt, und meist sind die Beziehungen genau aus diesen Gründen zerbrochen....wir wünschten uns ein Kind, ich konnte nicht schwanger werden, Beziehung aus. Oder es war die perfekte Beziehung und ich versteifte mich auf den Nachwuchs, aber mein Partner war dazu nicht bereit, also, Beziehung aus. Und so zogen die Jahre ins Land, alle meine Freunde und Freundinnen heirateten, bekamen Kinder und führten eine mehr oder weniger glückliche Ehe und ich wurde immer verzweifelter und eifersüchtiger.

Am Ende war es sogar schon so weit, dass ich eine Bekannte um ihre Beziehung beneidete, wohl wissend, dass ihr Freund sie schlecht behandelte und betrog. So nach dem Motto, lieber eine schlechte Beziehung, als gar keine. Und dann, nach einer weiteren durchgeheulten Nacht, voller Selbsthass und Verzweiflung, wusste ich, dass sich etwas ändern musste, und das schnell, denn die Schlaftabletten, die mir die endgültige Befreiung verschaffen sollten lagen bereits in der Nachttischschublade. Also kündigte ich meinen Job als Verkäuferin im Supermarkt, machte all meine Habseligkeiten so gut es ging zu Geld, kündigte meine kleine zwei Zimmerwohnung und flog ab, weg ins Land meiner Träume, ohne Abschiedstamtam und Erklärungen, einfach fort, in der Gewissheit, dass das meine einzige Chance sein würde, zu überleben.

Ankunft in dem fernen Land

Mit einem großen Koffer und zwei riesigen Rucksäcken, die meinen gesamten Besitz darstellten stand ich dann endlich am Ausgang des Flughafens in Bangkok und atmete tief durch. Und das erste Mal seit vielen, vielen Jahren spürte ich keine Beklemmung auf der Brust, und das, obwohl mich die Schwüle, die Hitze und die enorm hohe Luftfeuchtigkeit fast umwarf. Vor Freude liefen mir die Tränen über die Backen und ich verfiel in fast schon hysterisches Gelächter. Manch Leute, die vorüber gingen sahen mich ein wenig eigenartig an, einige boten mir im Vorübergehen ein Taschentuch an, oder fragten, ob ich Hilfe bräuchte....aber, Nein, ich brauchte keine Hilfe, ich war einfach nur überwältigt von meinem Mut, es wirklich gewagt zu haben.

Schwer bepackt mit meinen Taschen bahnte ich mir nun den Weg zum Flughafenzug und machte mich auf den Weg zu dem kleinen Hotel, das ich für die ersten paar Tage gebucht hatte. Ich war natürlich nicht unvorbereitet auf diese große Reise gegangen, hatte jede Möglichkeit genau ausgearbeitet und schon einen ziemlich exakten Plan, wie mein Leben in Thailand verlaufen sollte. Zumindest hatte ich genügend Geld, um mich die nächsten Zwei Jahre über Wasser zu halten, sollte es, warum auch immer, nicht gleich klappen mit der Beschaffung einer Arbeitsstelle. Ich hatte mich eingehend mit der Visum-Sache beschäftigt und mich hierfür zu einem thailändischen Sprachkurs angemeldet, der ja nicht nur für die Aufenthaltsgenehmigung wichtig war.

Ich wollte auf jeden Fall so schnell als möglich die Sprache der Einheimischen verstehen können und nicht als Analphabet durch die Gegend laufen. Außerdem wäre so ein Kurs auch die beste Möglichkeit neue Leute kennen zu lernen, denn ein Leben in Einsamkeit und Abgeschledenhcit wie damals in der alten Heimat wollte ich nicht mehr führen müssen....Alles Alte und Negative war nun ein für allemal vorbei, soviel stand fest.

Im Zug, der mich näher zu meinem einstweiligen, neuen Zuhause bringen sollte, gefror mir fast der Schweiß auf der Haut, noch nie hatte ich ein öffentliches Verkehrsmittel benutzt, das so dermaßen herunter gekühlt war, wie dieser. Es war meine erste Begegnung mit den thailändischen Airconditions. Und in diesem

Moment war ich froh, meine langärmelige Bluse und die Jeans noch nicht gegen Sommerbekleidung gewechselt zu haben.

Am großen Terminal wechselte ich dann, immer noch schwer bepackt mit Koffer und Taschen in die Untergrundbahn und setzte meine Reise fort, den Fahrplan genau im Auge behaltend, um nicht schon am ersten Tag hoffnungslos verloren zu gehen. Bei der richtigen Station sprang ich dann, so schnell als möglich hinaus, suchte nach dem richtigen Ausgang und winkte mir auf der Straße ein Taxi heran.

Das dauerte keine Minute, denn wie es schien war hier jedes dritte Auto, das vorbeifuhr, ein Taxi. Zu meinem Glück verstand der Fahrer auch auf Anhieb den Namen des Hotels, und er brachte mich auch auf direktem Weg hin. Beides war durchaus Zufall, denn weder Verständigung noch korrekte Verhaltensweise der Taxifahrer waren hier üblich und selbstverständlich.

Viele Geschichten hatte ich gehört, von Leuten, die von ihrem Taxifahrern über riesige Umwege ans Ziel gebracht wurden, oder die einige Zwischenstopps bei Schmuckhändlern und Schneidern machen mussten. Aber das Land meinte es gut mit mir und zeigte sich zur Begrüßung von seiner besten und freundlichsten Seite. Der Fahrer half mir noch, die Taschen zum Hoteleingang zu schleppen, empfing dafür ein, im Rückblick viel zu hohes Trinkgeld, dass er mit einem Wai und einem breiten Grinsen entgegen nahm, und verschwand dann wieder im hektischen Treiben des Verkehrs.

Der Hotelpage übernahm nun mein Gepäck, brachte mich zur Rezeption, wo die Formalitäten erledigt wurden und ich konnte dann ziemlich rasch auf mein Zimmer. Mein Domizil für die nächsten paar Tage war ein kleines, sauberes Appartement, mit Kaffeeküche und Kühlschrank im zehnten Stock eines kleinen Hotels.

Natürlich musste ich sofort die Klimaanlage abschalten, denn auch dieser Raum war auf Kühlschranktemperatur reguliert. Vom kleinen Balkon aus hatte ich einen traumhaften Überblick über Bangkok, glücklich stand ich da, riss die Arme in die Luft und jauchzte voller Freude. Wieder liefen mir Tränen des Glücks über die Wangen, der letzte Rest meines Make-ups verschwand nun, und ich fand, es war dringend Zeit für eine Dusche. Zeit, um die Strapaze des langen Fluges abzuwaschen und um endgültig alles Vergangene weg zu waschen.

Nachdem ich frisch geduscht war, fühlte ich mich auch gleich wie ein neuer Mensch, hatte das Gefühl von Hoffnung in mir, ein Gefühl, dass ich schon seit meinen Jugendjahren nicht mehr verspürt hatte. So machte ich mich auf den Weg, um die Umgebung etwas zu erkunden, und um mir eine Kleinigkeit zum Essen zu besorgen. Auf der Straße empfing mich wieder diese enorme Hitze, die ich aber keineswegs als unangenehm empfand, denn von jeher war ich eher ein Sommer und Sonnenmensch, und die europäische Kälte verstärkte meine Depressionen immer nur. Hier war nichts von Kälte oder Trübheit zu sehen, Sonne pur und Licht und Wärme. Sofort spürte ich, wie das Eis um mein Herz und meine Seele zu schmelzen begann, und ich fühlte mich wie ein Schmetterling, der endlich aus seinem Kokon schlüpfen konnte.

Also ging ich beschwingt die Straße entlang, und begegnete dabei hunderten lächelnden Gesichtern und freute mich einfach des Lebens. Gierig saugte ich alle Eindrücke auf, erfreute mich an dem bunten Treiben, der Hektik, der Gerüche und der Freundlichkeit der fremden Menschen. An einer Straßenküche ließ ich mich nieder, und verschlang meine erste heiße und höllisch scharfe Nudelsuppe mit Gemüse und

Fischbällen. So hockte ich also auf einem kleinen roten Plastikstuhl, die Verkäuferin schenkte mir auch noch Wasser in einen mit Eis gefüllten Blechnapf, und ich fühlte mich wohl. Der Schweiß rann mir über die Stirn, wobei ich nicht wusste, ob der von der Temperatur, oder von dem wirklich gut gewürzten Essen her stammte, aber das war mir egal, ich wischte die Tropfen einfach mit den bereitgestellten Tüchern ab. Nachdem ich die Suppe bezahlt hatte, einen wirklich lächerlich kleinen Betrag für so etwas leckeres, ja delikates, ging ich wieder Richtung Hotel, wo ich mich dann auch bald ins Bett warf, um für den nächsten Tag ausgeschlafen zu sein. Denn am folgenden Tag wollte ich mich auf die Suche nach meinem zukünftigen Wohnort machen. Ich hatte schon genaue Vorstellungen, wie und wo ich leben wollte und hatte dafür auch schon fleißig im Internet recherchiert. Wie gesagt, ich war wirklich gut vorbereitet. So machte ich mir im Hotel noch ein paar Notizen und fiel dann in einen tiefen und erholsamen Schlaf.

Am nächsten Morgen erwachte ich frisch und absolut ausgeruht. Schon ewig hatte ich nicht mehr durchgeschlafen und das erste Mal seit Jahrzehnten hatten mich keine Albträume gequält. Es war, als wären alle bösen Geister aus meinem Kopf und meiner Seele verschwunden. Ein überwältigendes Gefühl, wie eine Genesung, nach langer und schwerer Krankheit, und das war es ja auch, wenn ich nur gewusst hätte, wie einfach meine Depressionen zu heilen waren, vielleicht hätte ich den Schritt schon viel eher gewagt. Aber nein, alles kommt, wie es kommen muss, und alles zu seiner Zeit.

Nach dem wirklich ausgiebigen Frühstück, mit unzählig vielen tropischen Früchten und scharfen Reisgerichten machte ich mich auf den Weg. Zuerst besorgte ich mir eine thailändische Telefonkarte, um die verschiedenen Makler, die ich notiert hatte auch kontaktieren zu können. Diese Karte war leicht zu bekommen, denn Anbieter dafür fand ich alle paar Meter. Also setzte ich mich dann gleich in ein Kaffeehaus und telefonierte meine Liste ab. Ich arrangierte einige Besichtigungstermine und war bester Laune, da alles so hervorragend klappte. Ich machte mir auch anhand der Buspläne sofort eine genaue Aufstellung, wie ich von Ort A nach Ort B kommen würde, notierte alles und war dann auch schon unterwegs.

House-hunting

Das erste Haus, das auf meiner Liste stand war im nordöstlichen Bangkok und beschrieben als kleines Townhaus inmitten einer landestypischen Siedlung. Ich war schon gespannt wie ein Flitzebogen und zappelte unruhig auf dem Sitz des Busses herum. Genau am verabredeten Platz stand eine junge Frau, die ich sofort als meine Maklerin erkannte und ich lief eilig auf sie zu. Mit einem freundlichen Lächeln und einem Wai begrüßte sie mich, schüttelte mir dann aber auch die Hand, sie wollte mir einfach zeigen, dass sie sich mit westlichen Kulturen auskannte.

Es war ein absolut rührender Moment. Gleich darauf sagte sie nur: „Bereit für die Besichtigung?", und meinem breiten Grinsen zufolge nahm sie meinen Arm und führte mich in die Siedlung. Wir gingen ein paar Straßen entlang, so konnte ich schon die Umgebung und die mögliche Nachbarschaft begutachten, und was ich sah, gefiel mir außerordentlich gut.

Da waren kleine Läden, verschiedene Essensstände, eine Werkstatt, eine kleine

Hühnerzucht, viele bunte Häuser die mit üppigen Blumen und Pflanzen geschmückt waren. Kinder die im Staub auf den Wegen spielten und mir mit offenen Mündern hinterher schauten. Alle Leute riefen mir ein „Hallo" zu, winkten oder lachten mich einfach an, und mir wurde allein schon beim Gang zum Haus sehr warm ums Herz. Ich konnte auch hinter allen Fenstern Schatten sehen und kleine Kinder drückten sich die Nase an der Scheibe platt, um mich beobachten zu können. Man war hier eindeutig neugierig, was denn diese fremde Frau in der schnuckeligen kleinen Siedlung von Einheimischen zu suchen hatte.

Und dann waren wir beim besagten Haus angekommen. Die Maklerin, Narumol, wie sie sich mir vorgestellt hatte, öffnete das Schloss zum Garten und schob das Gitter zur Seite. Schon konnten wir den kleinen aber feinen Vorgarten betreten. Sie ließ mir aber kaum Zeit den Garten zu begutachten, sondern zog mich sofort ins Haus. Es war ein zweistöckiges Haus mit vielleicht hundertfünfzig Quadratmetern, im Erdgeschoss befand sich der Wohnraum mit offener Küche, im hinteren Bereich noch ein kleiner Garten, ein Badezimmer mit Toilette und ein kleiner Abstellraum unter dem Treppenaufgang. Im ersten Stock waren dann das Schlafzimmer und zwei weitere kleinere Räume und noch ein Badezimmer untergebracht. Spontan und ohne viel nach zu denken entschloss ich mich, dieses Haus sofort zu nehmen.

Die Maklerin, die sich als Besitzerin dieses kleinen Juwels herausstellte war mir auf Anhieb sympathisch, die Kommunikation mit ihr sehr einfach, da ihr englisch nahezu perfekt war. Sie hatte einige Jahre in Amerika und England gelebt und studiert, hatte in etwa mein Alter und der Draht zwischen uns war sofort da.

Also dachte ich: „Perfekt, das nehm ich!", und sagte es Narumol auch sofort. Diese war mehr als erstaunt, da ich ihr ja zuvor erzählt hatte, dass ich noch einige andere Häuser zur Ansicht hatte, aber auf ihre Frage ob ich denn sicher sei, konnte ich nur mit einem deutlichen: „Ja, ich bin!" antworten. Also machten wir es uns am Küchentisch, der schon vorhanden war bequem und erledigten die Formalitäten.

Es wurde ein Mietvertrag unterzeichnet, und da ich die gesamte Jahresmiete im Voraus bezahlte, bekam ich noch einen Monat Nachlass. Narumol fragte dann auch gleich, ob sie mir noch mit irgendetwas behilflich sein könnte, und fuhr mit mir dann zum

Einkauf. Ich wollte so schnell als möglich mein neues Heim eingerichtet haben. Sie zeigte mir verschiedene Geschäfte in der Gegend, und notierte mir auch die Busse, die in diverse Richtungen gingen. Alles in Allem hatte ich eine absolut tolle Wohngegend erwischt, nicht im absoluten Trubel der Innenstadt, aber sehr verkehrsgünstig und doch sehr „einheimisch".

Die nächsten Tage waren gefüllt mit Anlieferung der Möbel und Gestaltung des Gartens. Die schon vorhandenen Pflanzen arrangierte ich neu und ich schüttete den lehmig, dreckigen Vorgarten mit schönen weißen Kieselsteinen auf. Im Gartengeschäft ums Eck erstand ich auch noch einige schöne Buddha und Ganeshafiguren, die ich voller Ehrfurcht und Stolz im Garten platzierte.

Schon immer hatte ich ein Faible für die buddhistische Religion und auch der Geisterglaube in Thailand war großartig für mich. Das Haus war auch bald sehr hübsch, zwar einfach eingerichtet, aber ich war unendlich stolz darauf. Ich hatte alles, was man braucht, um gut zu leben, und war bei den gesamten Einkäufen mehr als nur im Budget geblieben.

Der gesamte Möbeleinkauf erwies sich als überaus simpel, denn jedes auch noch so kleine Möbelhaus stellte die erworbenen Dinge zu, und die großen Möbel, wie zum Beispiel das Schlafzimmer und die Kästen wurden dann vor Ort montiert, und das mit einer Selbstverständlichkeit und ohne Aufpreis, und, was mich sehr faszinierte, ohne darum bitten oder betteln zu müssen. Das war einfach üblich hier. Die Möbelpacker bedankten sich sogar noch dafür, dass sie Kartonagen, Plastik und Verpackungen wieder mitnehmen durften. Konnten sie diese doch im Wertstoffhof wieder zu Geld machen. So war es eine Win-win Situation. Ich musste nichts entsorgen und die Jungs hatten noch ein kleines, zusätzliches Taschengeld erhalten.

Die erste Zeit im neuen Zuhause

Mit den Nachbarn hatte ich mich auch bald ein wenig bekannt gemacht. Da waren Opa und Oma vom kleinen Gemischtwarenladen, meine Nachbarin aus dem Isaan, die leider gar kein Englisch sprach, die ältere Lady von gegenüber, die sehr lieb und auch einigermaßen der englischen Sprache mächtig war, und die mich überall, wenn sie mich auf dem Markt oder auf der Straße sah schon freudig mit Winken und Rufen begrüßte.

Die vielen Kinder in der Siedlung waren anfangs noch sehr scheu, war ich doch die einzige Farang. Das heißt, die einzige Weiße in ihrer Umgebung. Aber nach und nach trauten sie sich dann doch in meine Nähe und schenkten mir ihr breites Lächeln, das mir wie ein warmer Sonnenstrahl sofort direkt ins Herz ging. In der Siedlung gab es auch etliche Tiere, Hunde, Katzen, Hühner, die als Haustiere gehalten wurden und überall zwitscherten die Vögel, man sah Schmetterlinge fliegen, Geckos krochen an den Mauern entlang und befreiten uns durch ihre Gefräßigkeit von lästigen Insekten, kurzum, ich war im Paradies gelandet.

Nachts konnte ich den Tokay rufen hören. Tokays sind etwas größere Geckos, hell mit rosa Punkten. Sie rufen ganz laut, vor allem nachts ihren Namen. Meine Nachbarn hatten mit erklärt, kann man den Ruf des Tokays sieben Mal hintereinander hören, so bedeutet das großes Glück. Fast täglich erfuhr ich spannende Geschichten und verliebte mich immer mehr in die thailändische Kultur. Ich war absolut in meinem Element und zum ersten Mal im Leben war ich wirklich frei, fühlte mich leicht und rundum glücklich und zufrieden.

Mit der alten Heimat hatte ich so gut wie gar keinen Kontakt mehr. Mit ein paar Freunden chattete ich auf der Seite des sozialen Netzwerkes, aber ein Gefühl von Heimweh oder Vermissen wollte nicht aufkommen, und das war auch gut so. Auch zweifelte ich meinen Schritt niemals an und war mir meiner Sache absolut sicher. Ich lebte ein Leben, nur um mich zu erholen, gesund zu werden und meine Stärke und den Lebenswillen zurück zu erlangen. Ich las viel, schnell hatte ich ein sehr tolles Buchgeschäft entdeckt, wo man gebrauchte Bücher nicht nur kaufen, sondern auch spottbillig ausleihen konnte. Dieser Laden hatte auch ein Kaffeehaus dabei, wo ich auch sehr bald Stammgast wurde und einige nette Bekanntschaften machte.

Mit meinem Sprachkurs zog es sich leider anfangs ziemlich in die Länge, zwar wurden mir die nötigen Visa bereit gestellt, der Kurs selber aber kam erst viel später zu Stande. Aber auch daran störte ich mich nicht, denn auch so kam hier niemals Langeweile auf. Ich erkundete die Stadt auf eigene Faust, und wusste, dass ich mit dem Entdecken Bangkoks sicher Jahre beschäftigt sein würde.

Ich entdeckte Märkte abseits des Touristenstroms, besuchte kleine Tempelanlagen und schoss in den ersten paar Monaten sicher tausende von Fotos. Ich schrieb konsequent Tagebuch um ja keine Sekunde dieses wunderbaren Lebens zu vergessen und versuchte jeden Tag etwas Neues zu entdecken.

War es denn eine neue Speise, ein neuer Ort oder einfach nur ein neues Wort auf thailändisch, das ich richtig aussprechen konnte. Denn die Aussprache und Betonung dieser Sprache war wirklich die enormste Herausforderung. So gut man die Vokabeln auch lernen mag, eine kleine falsche Betonung, und das Wort heißt plötzlich etwas ganz anderes oder es wird einfach nicht verstanden.

Und so übte ich fleißig das richtige „Singen" der einzelnen Worte, oft sehr zur Belustigung meiner Umwelt. Eines der ersten Worte, dass mir sehr leicht über die Lippen kam war, Bus, rot mae, da man das mae so wie määhh ausspricht, also die Imitation des Lautes, dass ein Schaf von sich gibt...und das konnte ich perfekt! Etwas anders betont heißt mae aber auch Mutter.

Hingegen gab es hin und wieder Schwierigkeiten, wenn ich aus der Innenstadt mit dem Langstreckenbus fuhr, da musste man nämlich seine Endstation bekanntgeben, um den Fahrpreis zu ermitteln. Für meinen Wohnort gab es drei verschiedene Bezeichnungen, die der Hauptstraße, wo man dann auch den Kilometerstand dazu sagen musste, also zum Beispiel: „Ich steige auf der Straße bei Kilometer 8 aus", oder den Namen der Seitenstraße, soi, die von der Hauptstraße abgeht, oder die alte Bezeichnung dieser Straße.

Immer und immer wieder habe ich mir diese Namen vorgesagt, habe sie auswendig gelernt und auch versucht, sie genauso zu betonen, wie die Thais, aber immer, sobald ich auch nur eine Silbe falsch gesprochen hatte, zum Beispiel in gleichbleibender Tonlage, anstatt mit aufsteigender, dann wurde ich schon wieder nur groß angesehen, und einfach nicht verstanden...das dauerte dann oft einige Minuten, bis ich mein Busticket lösen konnte. Oft kam mir auch ein anderer Fahrgast zur Hilfe, der mein Sprachwirrwarr besser enträtseln konnte, als die liebe Ticketverkäuferin. Gott sei Dank wurde aber der Bus dadurch in seiner Fahrt nicht behindert, denn sobald man das Fahrzeug erklommen hatte, aber im Eilschritt bitte, ging die rasante Fahrt auch schon wieder weiter.

Für die Fahrscheine war immer eine separate Person an Bord, die sich darum zu kümmern hatte. Diese war auch verantwortlich, um dem Chauffeur zu sagen, wann er wieder weiter fahren konnte, mit einem „Bpai" bestätigte sie, dass der letzte Zusteigende zumindest schon einen Fuß im Bus hatte, und es weitergehen konnte. Alles in allem war Busfahren in Bangkok spannend und aufregend, aber mit der gewissen Routine dann auch gar kein Problem mehr, und vor allem, es war überaus günstig.

Bald beteiligte ich mich auch an dem morgendlichen Ritual, den vorbeiziehenden

Mönchen ein Tambun, eine Essensspende zu offerieren. Jeden Tag um sechs Uhr morgens kam ein Mönch mit seinem kleinen Begleiter und holte sich die guten Gaben aus der Nachbarschaft ab. Dabei handelte es sich immer um Reis, Gemüse und andere Köstlichkeiten, die die fleißigen Hausfrauen für die angebeteten Mönche schon frühmorgens zubereiteten und sorgsam in kleine Plastiktüten verpackten.

Diese Tüten wurden dann ehrfürchtig überreicht, immer darauf achtend, den Mönch nicht direkt in die Augen zu sehen, oder ihn womöglich gar zu berühren. Eine Frau darf nämlich einen Mönch auf keinen Fall berühren, ansonst muss dieser sich einer aufwendigen Reinigung unterziehen.

Auch hier leben richtige Mönche in einem Zölibat. Wobei es in Thailand aber auch Mönche auf Zeit gibt, die dieser Pflicht nicht unterlagen. Jeder gute und rechtschaffene Mann sollte zumindest einmal im Leben, meist um sein zwanzigstes Lebensjahr, und noch vor seiner Heirat ein paar Monate in einem Tempel als Mönch verbringen.

Durch das Überreichen der Gaben erhoffte man sich Pluspunkte in seinem jetzigen Leben, es wurde als Schutz vor dem Bösen genauso gesehen, wie zum Verbessern des eigenen Karmas. Jedenfalls fand ich diese Spendengänge der Mönche sehr interessant, und mit klopfendem Herzen ließ ich dann auch die Segnung über mich ergehen, mit einem extrem befreienden Gefühl, einem Gefühl von Freude und Klarheit. Anfangs waren die Mönche überrascht, Gaben von einer weiblichen Farang zu bekommen. Die kleinen Begleiter, meist Jungs, die im Tempel wohnten, kicherten wie kleine Schulmädchen, und waren etwas scheu. Mit der Zeit aber verwandelte sich das Kichern in ein breites Lachen.

Die Faszination der Tempel

Die Tempelanlagen und die Mönche zogen mich schon rasch fast magisch an. Ich bewunderte die herrlichen Bauten, die ruhigen Parkanlagen und mir gefielen die Mönche in ihren orangefarbenen Kutten, die sie nur aus einem Stück Stoff gekonnt um ihren Körper drapierten. Stundenlang konnte ich unter einem Baum in der benachbarten Tempelanlage sitzen, ein gutes Buch lesen und einfach meinen Gedanken freien Lauf lassen.

Bald schon kam ich auch mit den Bewohnern dieser Anlage in Kontakt. Zuerst zögerlich, aber dennoch neugierig sprachen mich die Mönche an, immer darauf bedacht, dass auch nie ein einzelner Mönch mit mir alleine war, denn auch das war den Mönchen untersagt. Ein Mönch darf sehr wohl eine Frau unterrichten, lehren oder sich mit ihr unterhalten, aber immer nur im Beisein von mindestens einer anderen männlichen Person. Bald aber wussten die Mönche über meine Situation bescheid und luden mich ein, an ihren Meditationsstunden im Sala kann Prian, einem offenen Pavillon, teil zu nehmen.

Diese Stunden waren für mich himmlisch, in der freien Natur ihren angenehm, melodischen Stimmen zu lauschen, wie sie ihre Worte auf Pali, der sakralen Sprache immer und immer wieder aufsagten. Es brachte mich fast täglich in einen fast hypnotisierten Zustand und stärkte mich in meiner ganzen Art und Weise, wie ich mein Leben leben wollte.

Nach den meditativen Stunden saßen wir dann noch oft im Schatten eines Baumes und tauschten Gedanken und Wissen aus. Die Mönche waren sehr interessiert über das Leben und auch die Religion und Zeremonien aus dem Westen und interessierten sich auch sehr über das normale, reguläre Leben in meiner alten Heimat. Durch diese intensiven Gespräche konnte ich bald meine ganzen Sorgen und Ängste aus meinem alten Leben aufarbeiten, und wofür man im Westen tausende von Euros für Psychiater und Therapien ausgeben müsste, geschah hier ganz von selbst und völlig kostenlos.

In der Zwischenzeit arbeitete ich aber auch zu Hause fleißig. Nicht nur, dass ich mir einen kleinen Gemüsegarten angelegt hatte, Erdbeeren und Cocktailtomaten, die ich hauptsächlich an die Kinder der Siedlung verschenkte, Zitronengras und Koriander, die ich fast täglich zum Kochen verwendete, nein, ich arbeitete auch hart an meinem nächsten Ziel. Ich hatte mir ganz fest in den Kopf gesetzt, ein Tefl Zertifikat zu machen, das mich berechtigte, hier in einer Schule englisch zu unterrichten.

Leider war die Frage nach Deutschlehrern im Moment nicht sehr groß, also musste ich mich auf das Unterrichten dieser Fremdsprache konzentrieren. So arbeitete ich ganz fleißig an diesem Diplom. Es war nicht so, dass ich schon wirklich dringend Geld verdienen musste, aber ganz ehrlich, Geld in der Kasse schadet nie, egal, wie sparsam man auch leben mag. Und wie günstig das Leben auch war, aber den ganzen Tag nur herumsitzen und Tee trinken, danach stand mir natürlich auch nicht der Sinn.

Ich wollte raus, etwas erleben, sehen, spüren und schmecken und dafür braucht man, auch in diesem Land Geld. Nach einigen Wochen hatte ich dann diese Qualifikation in der Tasche und alleine diese Tatsache, wieder etwas Tolles geschafft zu haben stärkte mein Selbstbewusstsein ungemein. Ich wusste: „ Ich muss noch nicht sofort arbeiten gehen, aber ich kann mich jederzeit an jeder Schule hier bewerben!" Und das war ein wirklich tolles Gefühl. Natürlich erzählte ich auch den Mönchen im Tempel von meinem Vorhaben und diese erkundigten sich immer wieder nach meinen Fortschritten, sie bestärkten mich in meinem Vorhaben, denn auch ihr Motto war: „Was man sich an Wissen angeeignet hat, das ist der größte Schatz auf Erden!"

Natürlich waren nicht nur Mönche bei den täglichen Mantrastunden anwesend. Wir waren immer eine bunte Gruppe. Meist irgendwelche Langzeiturlauber, Aussteiger oder Leute auf Selbstfindungskurs, die unseren Stunden beiwohnten. Manchmal traf ich mich mit diesen Leuten dann auch außerhalb der Tempelmauern und so entstanden bald sehr interessante neue Freundschaften.

Am schnellsten und engsten freundete ich mich mit einer Engländerin namens Lucy an. Sie war ein wenig jünger als ich, ein wenig ist da vielleicht untertrieben, denn sie war zehn Jahre jünger, aber das Alter und die kulturellen Unterschiede spielten in meinem neuen Leben überhaupt keine Rolle, nein, sie fielen auch gar niemandem auf, einfach weil auf diese Oberflächlichkeiten einfach verzichtet wurde. Es war kein Thema.

Als Lucy in mein Leben trat

Lucy war ein ganz besonderer Mensch. Sie war schon in sehr jungen Jahren von zu Hause weggegangen, einfach weil in ihr immer eine unruhige Seele schlummerte. Sie hatte schon die halbe Welt gesehen, und wünschte sich, den anderen Teil der Erde auch noch kennen zu lernen. Aber fürs erste wollte sie ebenfalls hier in Bangkok bleiben. Sie hatte einen halbwegs gut bezahlten Job als Lehrerin an einer privaten Schule bekommen und finanzierte sich somit ihre kleine Wohnung und ihre Leidenschaft für Bier.

Sie war keine Trinkerin, aber einer ordentlichen Party am Wochenende war sie nie abgeneigt. Ihre Schüler und Schülerinnen vergötterten sie, denn sie war ein ehrlicher und immer lustiger Mensch. Nur in der Tempelanlage, bei unseren gemeinsamen Stunden fand auch sie Ruhe. Doch kaum hatten wir die Tempelmauern hinter uns gelassen, da sprudelte es schon wieder nur so aus ihr heraus:

„Und, was machen wir jetzt? Zu dir, zu mir oder in die Stadt? Gehen wir auf ein Bierchen oder wollen wir schwimmen gehen? Hast du Lust auf Einkaufen? Ich habe da einen so tollen Markt für Second Hand Kleider entdeckt, den muss ich dir unbedingt zeigen!"

Lucy war nie und nimmer zu stoppen, und das war auch gut so, denn sie brachte wirklich frischen Wind in mein Leben und wir verbrachten so manch lustiges Wochenende am Meer gemeinsam, wo wir vor lauter feiern oft nicht mehr wussten, wo uns der Kopf stand.

Wir stürmten Karaoke Bars, mischten beim Billard spielen richtig auf und rissen auch so manchen Mann auf. Ich hatte es auch endlich geschafft, nicht in jedem Mann, dem ich meine Zunge in den Hals steckte den potenziellen Vater meiner ungeborenen Kinder zu sehen und auch war ich zum ersten Mal in meinem Leben fähig, einen One Night Stand zu haben, ohne hinterher tagelang an Verlustängsten zu leiden.

Meine neue Freundin brachte mir bei, etwas auch einmal gut sein zu lassen, ohne es zu hinterfragen, ohne dem dauernden Gedanken: „Was wäre wenn, oder was hätte sein können!"

Lucy hatte in ihrem ganzen Leben noch keine einzige feste Beziehung, einfach weil sie noch nie lange genug an einem Ort geblieben war, und weil sie auch noch nie die wirklich große Liebe empfunden hatte.

Sie hatte aber auch niemals danach gesucht und somit auch nichts, was sie vermissen konnte. Sie lebte in den Tag hinein, nahm, was sie bekommen konnte mit offenen Armen auf. Obwohl sie im eigentlichen Sinne nicht schön war, eher burschikos und etwas grobschlachtig wirkte, hatte sie eine enorme Wirkung auf Männer. Es war ihr offenes und aufrichtiges Lachen, das sofort alle, Männer wie Frauen in ihren Bann zog. Und dabei war sie nie gekünstelt oder sich auch nur annähernd ihrer Wirkung bewusst.

Und sie hatte eine Vorliebe für Musiker, daher besuchten wir fast jedes Wochenende Bars, in denen Livemusik gespielt wurde. Unsere Beziehung war wirklich innig, nur in einer Sache beneidete ich sie sehr, und das war ihre Arbeit. So lustig und ausgeflippt sie auch feiern konnte, mit genau derselben Konsequenz und Aufmerksamkeit widmete sie sich ihren Schülern.

Sie bereitete ihren Unterricht mit der allergrößten Liebe und Sorgfalt vor und hatte immer ein Ohr für den Kummer ihrer Schützlinge. Da Lucy meinen Wunsch nach einer neuen Aufgabe auch bald erkannte, stürzte sie sich auch gleich mit Feuereifer daran, für mich eine Arbeitsstelle zu finden, und bald gab es für sie kein anderes Thema mehr. Auch bei unseren Meditationsstunden kam sie immer wieder darauf zu sprechen und so wurden auch die Mönche darauf aufmerksam.

Eines Tages trat Vater Ananda, der Obermönch an mich heran, natürlich im Beisein einiger seiner Untertanen und sprach mich direkt auf meinen Wunsch nach einer Arbeitsstelle an. „Wie mir zu Ohren gekommen ist, suchst du nach einer neuen Aufgabe und wünscht dir eine Arbeit als Lehrerin? Ich kann dir da vielleicht ein Angebot machen, das zwar nicht wirklich gut bezahlt wäre, aber eine wirklich interessante und wertvolle Arbeit wäre. Wir haben hier eine Gruppe neuer Buben bekommen, die mit ihrem Mönchsvater von einem Tempel im Norden Thailands zu uns gestoßen sind. Diese Jungs sind eher sehr schwierig einzustufen und wir sind schon seit einiger Zeit auf der Suche nach einem Lehrer für sie, der ihnen hilft, ein wenig für ihre Zukunft zu tun."

Mit diesen Worten hatte Ananda sofort meine Neugierde geweckt und auch Lucy zupfte ganz aufgeregt an meinem Ärmel herum: „Sag ja, sag ja, sag ja!", rief sie nur, ohne auch wie ich nur in geringster Weise zu wissen, um welche Aufgabe es sich denn handeln würde.

„Gerne würde ich mehr über diese Aufgabe erfahren, ehrwürdiger Vater, bitte erzähl, um was es sich denn genau handeln würde!",so bettelte ich den Mönch an, und er teilte uns mit einem gütigen Lächeln mit, dass wir uns doch am Abend mit ihm und dem Verantwortlichen der neuen Jungs treffen sollten, um alles weitere genau zu erfahren.

Natürlich sagte ich sofort zu, und mit klopfendem Herzen liefen Lucy und ich zu mir nach Hause, wo wir gleich Pläne für den heutigen Abend aufstellten. Für Lucy war natürlich das Wichtigste: „Was ziehst du denn an? Es muss schick, aber nicht zu edel sein, es muss züchtig sein, aber nicht zu konservativ, und es soll die alten Mönche aus den Socken werfen!"

Ich schüttelte mich vor Lachen über ihre etwas übertriebene und ein wenig respektlose Äußerung, aber sie war schon zu meinem Kleiderschrank gelaufen und warf ein Teil nach dem anderen aufs Bett. Bald hatte sie kleine Häufchen gemacht, „ ja, nein, vielleicht, auf gar keinen Fall.", „ sag mal, hast du überhaupt keine vernünftigen Klamotten, die sich für ein Vorstellungsgespräch in einem Kloster eignen?"

Bei diesen Worten mussten wir dann zuerst einmal heftig lachen und entschieden uns dann für eine ausgiebige Shoppingtour nach Pratunam, den Kleidermarkt schlechthin. Bald wurden wir fündig und entschieden uns für ein leichtes, ein wenig über Knie gehendes lachsfarbenes Seidenkleid, das züchtig auch meine Oberarme bis zu den Ellenbogen bedeckte, keinen großen Ausschnitt hatte, aber meine Figur, obwohl es in keiner Weise eng anliegend war, auf sehr schmeichelnde Weise betonte.

Die Farbe stand mir perfekt und jetzt konnten wir eilig heim düsen, wo mir Lucy auch noch ein dezentes Make-up und eine tolle Frisur verpasste. Sie flocht meine blonden Haare zu einem wirklich raffinierten Zopf und beim Blick in den Spiegel hätte ich mich fast nicht wieder erkannt. Ich war nicht so aufgedonnert wie bei unseren Streifzügen durch die Bars, aber meine ganze Erscheinung hatte etwas Besonderes, etwas Glänzendes, man sah es und konnte es doch nicht beschreiben.

Lucy hingegen warf sich in eine schwarze Hose und zog ein graues T-Shirt über, kämmte ihre wilde Mähne einmal kräftig durch und schon konnten wir wieder los Richtung Wat.

Zum vereinbarten Zeitpunkt warteten wir auf der Steinbank unter dem großen Baum auf die Mönche. Unsere Herzen rasten vor Aufregung und Lucy hielt meine Hand, die vor Freude und auch Angst vor dem Ungewissen schon ein wenig feucht-kalt war. Die „Jungs aus der orangen Truppe", wie Lucy und ich die Mönche in ihren orangen Kutten im Geheimen nannten, ließen auch nicht lange auf sich warten. Und auch wenn, hier hatte man eine ganz andere Beziehung zu Zeit und Pünktlichkeit, und in meiner bisherigen Zeit in Thailand hatte ich schon viel darüber gelernt, so dass man einfach wartete, ohne Langeweile oder Ungeduld, einfach warten. Ich schaffte es mittlerweile zwei Stunden in einem Bus oder Taxi zu sitzen, ohne mich zu langweilen. Meist bemerkte ich gar nicht, wie lange wir bereits unterwegs waren. Ich meditierte einfach vor mich hin, beobachtete die Umgebung und genoss. Wenn ich zurückdenke, wie in Europa die Menschen bereits nach einer 10-minütigen Ampelphase ausflippen, so kann ich heute darüber nur mehr schmunzeln.

Die Mönche kamen zu fünft an. Vier davon kannten wir schon. Obervater Ananda, der immer gütig lächelnde, etwas rundliche und schon etwas in die Jahre gekommener Mönch, der von allen zärtlich geliebt und absolut respektiert wurde.

Dann war da noch Somchai, der Finanzchef des Klosters, ein relativ großer, zumindest für thailändische Verhältnisse, ziemlich hellhäutiger Mann, sein Alter schätzte ich auf Mitte bis Ende vierzig, er war ein ruhiger, ernster Mensch, strahlte aber auch enorme Gelassenheit und Sympathie aus.

Ebenfalls erschienen war Damrong, der Schriftführer, er war mitunter einer der lustigsten in der „Kuttenfraktion", immer für einen Scherz aufgelegt, er war der mit den besten Englischkenntnissen, der intelligenteste, gebildetste aber auch humorvollste Mensch, dem ich hier in der Tempelanlage begegnet war. Er war auch der einzige Mönch bis jetzt, den ich kennengelernt hatte, der es mit dem „nicht alleine mit einer Frau sprechen" nicht so genau nahm.

Mit ihm hatten wir schon etliche amüsante Stunden erlebt, wo auch schon mal der eine oder andere Witz gefallen ist, und Damrong war auch derjenige, den man des Öfteren beim Telefonieren mit einem Mobiltelefon sah.

Der Oberlehrer Ajahn, ein bebrillter Mönch Ende der sechzig hatte dann den neuen Mönch fest in der Hand und stellte ihn als Dara vor. Dara, der Neue war so ganz anders als ich ihn mir vorgestellt hatte. Ich schätzte ihn einmal so grob auf Anfang dreißig. Er war sehr dunkel, hatte große, ernste aber extrem warmherzige Augen, und ein einzige Blick von ihm genügte, dass ich mir inständig und fest wünschte, die Zusammenarbeit mit ihm und den Mönchen und den Jungs würde klappen, sofort und für immer.

Dara

Daras Erscheinungsbild trug auch nicht dazu bei, dass meine Hände aufhörten zu schwitzen. Ganz im Gegenteil, plötzlich bemerkte ich, wie auch auf meinem Rücken kleine Bäche ihren Weg suchten und ich hoffte nur inständig, man möge keine Schweißflecken auf meiner Kleidung sehen. Natürlich war ich mir dieser törichten Gedanken inmitten dieser erleuchteten Gesellschaft bewusst. Ein wenig schämte ich mich auch für meine Eitelkeit, aber gleichzeitig konnte ich mein hüpfendes Herz und meine Aufregung nicht unter Kontrolle bringen. Ich schob das alles zuerst einmal auf die bevorstehende Aussicht auf eine Arbeitsstelle und ließ den Dingen ihren Lauf.

Auch Lucy japste kurz, als sie Dara das erste Mal erblickte und ihm in die Augen sah, und ich bat sie in Gedanken, jetzt bloß keine blöde Bemerkung zu machen. Aber in ihren Augen konnte ich sehen, was sie dachte: „Mann, sieht der heiß aus, hätte er längeres Haar, er würde glatt als Rockstar durchgehen!"

Nach einer gefühlten Ewigkeit meldete sich Vater Ananda dann endlich zu Wort: „Mein liebe Schwester Lilly, das ist jetzt also Bruder Dara, mit dem ich dir die Zusammenarbeit zum Wohle einer kleinen Gruppe halbwüchsiger Jungs ans Herz legen würde. Im Tempel in dem sie vorher waren kam es leider immer wieder zu kleineren Schwierigkeiten, so dass sich der dortige Vater entschied die Gruppe in einen anderen Tempel zu entsenden, in der Hoffnung, dass sie dort besser zurecht kommen würden. Wir waren hier, nach reiflicher Absprache mit allen Brüdern, dazu bereit, diese Bürde und überaus schwierige Aufgabe auf uns zu nehmen. Wir haben auch lange überlegt, welche Art von Betreuung für die Buben wohl am Angebrachtesten sein würde und sind darauf hinausgekommen, dass ihnen auf ihrem Weg ins Erwachsen-werden wohl eine weibliche Hand fehlt. Daher waren wir sehr erfreut von deinem Wunsch zu unterrichten zu hören. Gleich zu Beginn möchten wir über die finanzielle Leistung für diese Arbeit sprechen, denn wie gesagt, es ist nur ein geringer Betrag, der uns dafür zur Verfügung steht. Sollte das für deine Ansprüche zu wenig sein, sollten wir nicht unsere Zeit mit weiteren Ausführungen verschwenden. Dazu gebe ich nun das Wort an Bruder Somchai!"

Dieser räusperte sich kurz und begann dann direkt und ohne umschweifen: „Diese Projekt zur Betreuung der Jungs wird von einer privaten Person finanziell unterstützt. Dieser Geldgeber möchte zwar für alle anonym bleiben, bekommt aber von mir persönlich immer ein schriftliches Update über das Ergehen der jungen Buben.

Er bringt monatlich 40.000 Baht für die Pflege, das Obdach und die Erziehung auf, was bedeutet, dass wir für die Lehrmaßnahmen 16.000 Baht erübrigen könnten." Hier machte er eine Pause und ich überschlug schon mal im Kopf diese Einnahmen. Umgerechnet weniger als 400 Euro, je nach Wechselkurs war nicht viel. Mehr als die Hälfte davon würde die Miete für mein Haus verschlingen.

Andererseits, die Miete war für ein Jahr bezahlt, für ein weiteres Jahr hatte ich den Betrag ebenfalls schon beiseitegelegt, ein anderer Job war im Moment nicht zur Verfügung, das Kloster war zu Fuß von meinem Haus aus bequem und rasch zu erreichen, ich war richtig heiß auf eine neue Aufgabe...und Dara...Ich blickte Lucy fragend an, aber die nickte nur dämlich. Dümmlich grinsend und schockverliebt war sie mir somit auch keine große Hilfe in Bezug auf rationales Denken und so sagte ich also sofort und ohne weiteres Zögern zu.

Die Arbeit war also genauso schnell entschieden, wie damals die Entscheidung für mein Haus, und da ich dies noch nicht bereut hatte, würde wohl auch diese keine Falsche sein.

Ajahn, der Oberlehrer sicherte mir zu, mir jederzeit mit Rat und Tat zur Seite zu stehen, verwies mich aber sogleich darauf, dass Bruder Dara meine hauptsächliche Ansprechperson sei. In Zukunft sollte ich fast ausschließlich mit ihm eng zusammen arbeiten und kommunizieren. Das war eine Auskunft, die mein Herz noch schneller und lauter klopfen ließ. Ich erkannte mich kaum wieder, denn innerhalb von Sekunden hatte es Dara geschafft, dass ich mich wieder in einen lächerlichen Backfisch zurückverwandelt hatte.

Unterlagen, die den Unterricht betreffen, würde ich sofern möglich natürlich vom Tempel gestellt bekommen. Ich hätte einen freien Zugang zur Bibliothek und konnte jederzeit Kopien und Material bei Bruder Damrong beziehen. Das war für mich schon wieder ein sehr positiver Aspekt, denn Bruder Damrong schätzte ich sehr, ja fühlte mich ihm geradezu freundschaftlich verbunden. Also sagte ich mit einem herzlichen: „Ja, ich nehme ihr Angebot von Herzen an!" zu.

Vater Ananda zog sich nun mit dem Oberlehrer und dem Finanzchef zurück und bat mich mit Lucy, Damrong und Dara alles weitere in der Bibliothek zu besprechen. „Aber, stellt euch auf einen langen Abend ein, denn ich möchte schon morgen genaue Pläne zum Unterrichtsverlauf und dem weiteren Vorgehen erhalten. Wie du weißt, Bruder Dara, brauchen deine Jungs eine strenge, führende Hand. Konsequenz und eine zu lange Pause vom Lernen würde ihnen mehr schaden als nutzen!" „Jawohl, Vater Ananda, ich bin mir sehr wohl über deine Güte bewusst und danke dir für deine Chance, die du mir und meiner unglückseligen Truppe gibst. Ich verspreche dir, wir werden hart arbeiten und ich tue mein Bestes, dich und die gesamte Tempelgemeinde nicht zu enttäuschen."

Mit einem „Die Hoffnung und mentale Unterstützung sei mit dir", verschwand der Vater nun endgültig und ließ uns mit all unserer Aufregung alleine zurück. Damrong brach als erster das Eis indem er frisch und munter aufsprang, lachte und: „Na, dann lasst uns mal in die Bibliothek gehen und unsere erste Nachtschicht einlegen!", rief.

Lucy stand natürlich auch sofort auf, und als ich sie fragte, ob sie denn wirklich mitkommen wolle antwortete sie nur: „Einen Teufel würde ich tun, und dich mit diesen zwei netten Kerlen die ganze Nacht alleine lassen. Das hättest du wohl gerne, dass du dir alle Zwei einverleiben kannst, aber da wird nichts draus, meine Liebe, ich bleib an deiner Seite und passe auf, damit da ja nichts Unrechtes passiert!"

Ein wenig geschockt und brüskiert von ihren doch etwas derben Worten wandte ich mich nun auch zum Gehen, wohl aber wissend, dass in ihren Worten doch ein Fünkchen Wahrheit steckte. Damrong war bekannter weise mein erklärter Liebling, und Dara, den wir gerade erst kennenlernen durften war atemberaubend. Aber ein Mönch, und das mussten wir uns immer wieder fest vorsagen. Zudem war es einfach Lucys Art und alle liebten sie trotz, oder genau wegen ihres Verhaltens.

Als wir uns dann in der Bibliothek um einen kleinen Tisch setzten, wir vier, Damrong, Lucy, Dara und ich, begann erstmals Dara zu sprechen und ich hielt den Atem an. Ich musste mich angestrengt konzentrieren, nicht nur seiner samtigen Stimme zu lauschen, sondern auch den Sinn seiner Worte zu verstehen.

„Also, zuerst Lilly, herzlichen Dank für die Annahme dieser sicher nicht leichten Aufgabe. Im Namen meiner Jungs kann ich es nicht oft genug tun. Du wirst es nicht wissen, aber Vater Ananda hat uns nur eine Woche vorübergehendes Asyl hier im Tempel gegeben. Hätten wir in dieser Zeit nicht eine weibliche Bezugsperson, Lehrerin und Verantwortliche in einer Person, die um diesen lächerlich geringen Betrag für diesen wirklich harten und intensiven Aufgabenbereich gefunden, wir hätten wieder weiterziehen müssen. Jeder weitere Umzug bedeutet noch mehr Stress für die Jungs, die beinahe ihr gesamtes Leben auf der Flucht und ohne Konstante verbringen mussten. Ich weiß, das Ganze wird dich jetzt noch mehr unter Druck setzten, aber ich hoffe, und so schätze ich dich ein, wenn ich in deine Augen blicke, dass du dieser Herausforderung gewachsen sein wirst und meinen Jungs außer Unterricht auch noch Mut und Liebe entgegenbringen kannst!"

Bei diesen Worten musste ich erst einmal schwer schlucken und mein Herz rutschte in meine Unterhose. Er hatte mir tief in die Augen geblickt. Er konnte aus meinen Augen lesen? In dem Moment wurde ich rot und hoffte inständig, dass er nicht auch meine Gedanken lesen konnte. Zitternd umklammerte ich mit einer Hand mein Wasserglas, nahm einen kräftigen Schluck und hoffte inständig, dass mir das Wasser nicht im Hals stecken bleiben würde, oder dass mir das Wasser neben dem Mund herunterlaufen würde. Mit der anderen Hand umklammerte ich Lucy, die diese ganz herzlich und aufmunternd drückte.

Damrong reichte mir nun einen Schreibblock und einen Stift und forderte mich auf, sofort damit zu beginnen Notizen zu machen, denn meine Arbeitsstelle wollte morgen früh sofort begonnen werden. Im Laufe des Abends und der Nacht wurde mir sofort mit mehr oder weniger großem Schrecken bewusst, dass dies sicher kein Halbtagsjob werden würde, sosehr der dafür gebotene Lohn auch darauf hinwies.

Im Gegenteil, ich hatte sogar das Gefühl als würde meine Anwesenheit hier auf dem Tempelareal beinahe rund um die Uhr erwartet und erhofft. Schnell wusste ich auch, wie dringend jemand wie ich hier gesucht wurde und welch große Bürde ich mir somit selbst auferlegt hatte. Doch das erschreckte mich nicht so sehr, wie es vielleicht sollt. Komischerweise fühlte ich keine Angst oder Beklemmung, im Gegenteil, ich fühlte mich wichtig und stark und vielleicht zum ersten Mal in meinem Leben konnte ich etwas richtig Wichtiges, Großes und Wertvolles bewirken. Und ich spürte, dass ich genau hier gebraucht wurde, mehr als dringend und mit Haut und Haar. Ich brannte darauf, endlich losstarten zu können.

Dara und Damrong breiteten zehn Fotos auf dem Tisch aus. Es waren dir Fotos von meinen neuen Schützlingen. Und Dara begann auch gleich über jeden einzelnen etwas zu erzählen. Da war zuerst Tai, er war mit fünf Jahren der Jüngste in der Gruppe. Er wurde vor über einem Jahr verwahrlost, schmutzig und ohne irgendeiner Bezugsperson zu haben in Chiang Mai aufgefunden, wo er sich von Abfall aus den Mülltonnen und durch betteln ernährte. Als er von einer wohltätigen Gruppe gefunden wurde, sprach er kaum und hatte auch keinerlei Manieren, die auf irgendeine Art von Erziehung schließen lassen konnten.

Man konnte bis heute auch nicht herausfinden, welches Schicksal hinter dem Jungen lag, wie lange er sich schon alleine durchschlagen musste, und was aus seiner Familie geworden war. Er hatte keine Papiere und seine Dna ließen ebenfalls keine Bestimmung seiner Herkunft zu. Also landete er schließlich bei Dara.

Weiters waren hier Jay und Lee, die frechen Zwillinge, die nach dem Tod der Großmutter, die sich bisher um die beiden gekümmert hatte in ein Waisenheim abgegeben wurden. Da die beiden siebenjährigen aber dort nur Unruhestifter waren, alle gegeneinander aufbrachten und schließlich auch der Brandstiftung verdächtigt wurden, brachte man sie auch in den Tempel zu Bruder Dara.

Arun, dessen Name Morgendämmerung bedeutete, kam vor etwa drei Monaten zu Bruder Dara, nachdem er immer wieder nach Diebstählen, Betteleien und Raufereien auf den Straßen aufgegriffen wurde. Seine Familie, die in ärmlichsten Verhältnissen lebte wurde mit ihm einfach nicht mehr fertig und war froh, ihn mehr oder weniger los zu sein. Der zehnjährige Arun war ein sehr schlauer Junge, dem allein die Förderung und die Liebe fehlte.

Somporn, ebenfalls zehn war schon über ein Jahr in der Obhut von Dara. Er war eine Aidswaise, beide Elternteile waren schon früh an dieser bösen Krankheit verstorben und weitere Familienmitglieder waren nicht bekannt. Seine Mutter hatte sich das tödliche Virus wohl bei ihrer Tätigkeit im Rotlicht Milieu zugezogen, oder wurde von ihrem Ehemann infiziert, der sich das Virus beim

Benutzen schmutziger Heroinspritzen geholt hatte. Genau würde man es nie herausfinden, wer wen angesteckt hatte. Fakt war, beide waren an dieser Krankheit gestorben und hinterließen ein kleines Kind, das ebenfalls das tödliche Virus in sich trug, wenngleich bei Somporn die Krankheit noch nicht ausgebrochen war.

Mahi der Vierzehnjährige war schon zwei Jahre unter der Obhut Daras, der damals zwölfjährige wurde von der Polizei unter Daras Obhut gegeben, nachdem sie den Jungen immer wieder bei der Prostitution erwischten, und als sie einen Pädophilen verhafteten, war Mahi gerade bei diesem in der Wohnung um erniedrigende Dinge gegen Bezahlung über sich ergehen zu lassen. Die Polizei sah keine andere Möglichkeit, als den Jungen in das Kloster zu bringen.

Pai, der ebenfalls vierzehnjährige wurde fast totgeprügelt in ein Krankenhaus eingeliefert. Seinen Narben und schlecht verheilten Brüchen zufolge wurde er immer und immer wieder misshandelt, also gab das Krankenhaus Anzeige auf und der Junge wurde aus der Obhut seiner Eltern ebenfalls an Dara und das Kloster übergeben.

Sak, der Fünfzehnjährige konnte schon auf eine lange Karriere als Drogensüchtiger zurückblicken, seine Sucht finanzierte er sich durch Drogenverkauf, Diebstahl und Prostitution, als er vor über einem Jahr aber komplett zusammenbrach, suchte er von sich aus Schutz und Zuflucht im Tempel und fand in Daras Gruppe so etwas wie Halt und Hilfe bei seinem Entzug.

Lek war auch fünfzehn Jahre alt und das Sorgenkind der Gruppe. Er war stark verhaltensauffällig, böse und verbohrt. Seine gesamte Kindheit hatte er in Waisenhäusern verbracht, bis er mit zwölf Jahren ins Kloster kam und seit damals Bruder Dara das Leben schwer machte.

Dagegen war Pom, der ebenfalls fünfzehnjährige der erklärte Liebling aller. Er war auch schon von Babyschuhen an im Waisenhaus und wurde ebenfalls, damals mit Lek gemeinsam an Bruder Dara übergeben.

Pom war hilfsbereit, freundlich und sehr gehorsam. Nur leider war auch seine Bildung sehr rückständig, wie die der gesamten Gruppe und das war es, was Dara nun gemeinsam mit mir in Angriff nehmen wollte.

Dara selbst war sicher ein sehr schlauer Mann mit guter Bildung und Manieren, aber er konnte für die Jungs nicht gleichzeitig Vater und Lehrer sein. Das musste er bald einsehen, und da die Jungen in erster Linie einen Vater und eine starke Bezugsperson brauchten um nicht ganz vor die Hunde zu gehen, musste die Bildung fürs erste hinten anstehen.

Aber, dafür war ja ich nun engagiert, und ich konnte es gar nicht erwarten, die Racker persönlich kennen zu lernen. Obwohl mir bei Daras Schilderungen manchmal eiskalte Schauer über den Rücken liefen. „Bist du immer noch bereit und gewillt uns zu helfen?" Dara sah mich mit bittenden, fast verzweifelten Augen an, dass ich das Gefühl hatte als sei er selbst einer dieser armen Kreaturen um die ich mich in Zukunft kümmern sollte und ich wollte ihn spontan fest in den Arm nehmen.

Gerade rechtzeitig aber mahnte mich seine orange Tracht, mich unter Kontrolle zu halten. Also erwiderte ich nur seinen festen Blick und versprach: „Jetzt erst recht, ich lasse mich doch von so Kleinigkeiten nicht abschrecken, und bei der guten Bezahlung, wer könnte da schon nein sagen?" Dara sah etwas verdutzt und ungläubig drein, bis Damrong in lautes Gelächter über meinen leicht sarkastischen Scherz ausbrach, Lucy fiel ein, steckte mich an, und als auch Dara zu guter Letzt zu lachen begann, wussten wir, dass dies eine spannende Sache werden würde, die wir gemeinsam in Angriff nehmen wollten. Ich musste mich erst langsam daran gewöhnen, dass Ironie und Sarkasmus keine Eigenschaften waren, die man bei Thais voraussetzen könnte. Diese Eigenschaften sind ihnen absolut unbekannt. Daher war es so wichtig, immer zu kommunizieren. Durch einen unachtsam geäußerten Scherz kann hier im Land des Lächelns schnell eine Freundschaft oder Beziehung in die Brüche gehen.

Die Arbeit beginnt

Ich hatte mir fleißig Notizen gemacht, die Fotos beschriftet und nun besprachen wir die Pläne für den darauffolgenden Tag. Ich sollte um zehn Uhr vormittags zur Gruppe stoßen. Wir wollten uns im Klassenzimmer treffen und die Jungs und ich, wir sollten uns gegenseitig beschnuppern.

Dara wollte seine Schützlinge schon ein wenig auf unser Zusammentreffen vorbereiten und würde aber auch den gesamten ersten Tag bei mir und meinen Schülern bleiben. Für den heutigen Abend wollten wir es aber gut sein lassen, wir verabschiedeten uns gegenseitig mit respektvollem Wai und Lucy und ich gingen nach Hause.

Lucy wollte diese Nacht bei mir verbringen, denn wir hatten so viel zu bequatschen und sie wollte mich in dieser aufregenden Zeit auf keinen Fall alleine lassen. Dafür war ich ihr auch unendlich dankbar.

Eindeutig am Meisten beschäftigte Lucy, wie gut aussehend Bruder Dara war. Sie fantasierte sich in Gedanken und Worten schon Geschichten a la Dornenvögel zusammen. Das tat ich natürlich beschämt als Blödsinn ab.

„Aber du hast schon gesehen, wie schön dieser Mann ist? Eigentlich ein Verlust für die Damenwelt, so einen Mann im Zölibat leben zu lassen. Diese Augen, und diese Figur....hast du seine Muskeln und seinen Körper gesehen? Zähne, wie ein Model, nur die Haare, raspelkurz, einfach schade!"

Ich nahm Lucy in die Arme, lachte, gab ihr recht, aber erinnerte sie daran, dass wir nicht wegen kindischer Schwärmerei meinen ersten Job in der neuen Heimat gefährden wollten. Ich schickte sie zur Strafe kalt duschen, was mir ehrlich gesagt auch nicht schaden würde, und dann schlüpften wir ins Bett, wo wir nach kurzem Getratsche schließlich rasch einschliefen.

In meinen Träumen kamen mir immer wieder diese unheimlich braunen, großen Augen in den Sinn, als ich aufwachte wusste ich zwar nicht, wovon ich geträumt hatte, mein Herzklopfen ließ mich da aber einiges vermuten.

Lucy musste schon um acht Uhr früh weg zu ihrer Arbeit. Sie wünschte mir noch viel Glück für meinen ersten Arbeitstag und hüpfte auf und davon, nicht ohne mir noch zu sagen, dass sie abends einen detaillierten Bericht erwartete. Welche Überraschung.

Pünktlich kurz vor zehn traf ich auf der Tempelanlage ein und wartete vor dem Klassenzimmer. Darin konnte ich Daras Stimme ausmachen und auch das aufgeregte Durcheinander der Jungs. Leider war mein Thai immer noch nicht gut genug, um alles exakt zu verstehen, aber für grobe Umrisse reichte es schon aus, und ich lauschte angestrengt.

Für den heutigen Arbeitstag hatte ich eine weiße weite Leinenhose gewählt und eine weite, leichte Bluse, meine Haare hatte ich nicht allzu streng nach hinten gekämmt. Alles in allem wollte ich einen nicht zu strengen ersten Eindruck abgeben.

Plötzlich wurde es still im Klassenzimmer, und gleich darauf ging die Tür auf und Dara trat heraus. Er begrüßte mich mit einem Wai, den ich erwiderte, wohl wissend, dass laut Hierarchie eigentlich ich die erste sein sollte, die einen tiefen Wai darbot. Diesen Gruß bei dem man die gefalteten Hände vor die Stirn hebt ist hier der traditionelle Gruß. Aber, darüber jetzt genauer nachzudenken, dafür war keine Zeit mehr. Dara lächelte mich aufmunternd an und bat mich in den Raum.

Die allererste Schulstunde

Die Jungs standen allesamt stramm da und begrüßten mich mit einem ebenso tiefen, wie ehrfurchtsvollen Wai. Ich nickte ihnen freundlich zu und ließ meinen Blick durch die Reihen gleiten. Einige Jungs erkannte ich von den Fotos sofort, allen voran Lek, der mich trotz seines Wais grimmig anblickte, und dessen Blick: „Ich brauche niemanden und ich mag auch niemanden!", sagte.

Ihm schenkte ich sofort mein innigstes Lächeln und bat die Buben doch Platz zu nehmen. Ich stellte mich kurz vor und klebte mir anschließend ein Namensschild mit „Miss Lilly" auf die Brust. Dann teilte ich meine mitgebrachten Namensschilder aus und bat die Kinder es mir gleich zu tun. Zögerlich folgten diese meiner Aufforderung, nur Lek grummelte: „Kann sie sich nicht einmal zehn Namen merken? Das muss ja eine besonders schlaue Lehrerin sei!"

Manche Kinder kicherten über diese Aussage, verstummten aber sofort als sie Daras strengen Blick erhaschten, der sie fast wie Blitze traf. Ich konzentrierte mich derweil darauf, nicht vor Scham rot anzulaufen. Aber als dann alle ihren Namen stolz auf der Brust prangen hatten, war die Situation gerettet.

Nun bat ich jeden einzelnen ein wenig über sich selbst zu erzählen, und mir wurde sofort bewusst, dass alle Kinder, ausnahmslos das gleiche schlechte Englisch sprachen. Somit hatte ich wenigstens keine Probleme und konnte für alle mit dem gleichen Unterrichtsstoff beginnen, da alle auf der selben Kenntnisebene standen.

Die Vorstellungsrunde dauerte bis Mittag und wurde erst unterbrochen, als die Tempelglocken läuteten und die Kinder zum gemeinsamen Mittagessen riefen. Die Jungs stürmten teils erleichtert davon, und Dara ermahnte sie noch im Weglaufen nach der Mittagspause ja pünktlich wieder im Klassenzimmer zu erscheinen.

Dara hingegen wollte seine Mittagspause hier bei mir verbringen. Erschrocken stellte ich fest, dass es nun schon fast nach zwölf war, und somit Daras Zeit, sein einziges Essen pro Tag einzunehmen ebenso fast vorbei war. Ein Mönch nämlich isst in der Regel nur einmal pro Tag, und das noch vor Mittag.

Da ich sah, dass Dara nicht einmal ein Essen hier hatte, bot ich ihm rasch die Hälfte meines mitgebrachten, selbst gebackenen Brotes an, das er fast schüchtern annahm, dann aber sehr schnell und mit anscheinend gesundem Appetit verschlang. „Wow, was war denn das? So etwas Gutes habe ich ja schon lange nicht mehr gegessen, abgesehen davon, dass ich so ein wohlschmeckendes Brot noch nie in meinem Leben verzehrt habe!"

Man merkte, dass es ihm fast ein wenig leid tat, das gute Brot so schnell verschlungen zu haben, nur um seine mönchischen Gesetze nicht zu verletzen. „Das Brot habe ich selbst gebacken, ein altes Rezept aus meiner Heimat in Österreich. Wir sind ja die Nation der Schwarzbrotesser, und diese Tradition ist eine der wenigen, die ich aus meiner alten Heimat mitgebracht habe. Ebenso wie das räuchern von Speck, das Zubereiten selbstgemachter Mayonnaise, alles typisch österreichische Zutaten, die du eben verschlungen hast." Eigentlich wollte ich nicht verschlungen sagen, und erst am beschämten Blick meines Gegenübers merkte ich, dass meine Wortwahl wohl doch etwas derb war. Ich durfte einfach nicht aus den Augen verlieren, dass ich es hier nicht mit einem „normalen" jungen Mann, sondern mit einem Mönch zu tun hatte. Schnell erzählte ich ihm noch von den anderen Leckereien, die ich traditionsgemäß nach österreichischen Rezepten zubereitete und freute mich dann über sein: „Ich bin schon neugierig und freue mich darauf, deine ganzen Köstlichkeiten durch zu kosten!"

Jetzt war es ich, die etwas peinlich berührt war und mein Gesicht färbte sich flammend rot. Nach einer kurzen schweigsamen Pause aber mussten wir beide lachen. Nun zog es uns hinaus, unter den Schatten der Bäume, wo wir einen Schlachtplan für den Nachmittag schmiedeten, und ich Dara meinen Unterrichtsplan für die nächsten Tage darlegte. Dieser staunte nicht schlecht über meine gute und genaue Vorbereitung, freute sich aber unheimlich darüber, denn es gab wohl nichts Schöneres für ihn, als zu merken, dass es jemand wirklich ernst mit ihm und seinen Jungs meinte.

Als die Jungs dann nach und nach wieder eintrudelten und es sich im Klassenzimmer gemütlich machten, gingen auch wir wieder hinein. Den Rest des Tages verbrachte ich mit Erkunden, wie weit denn der Wortschatz der Buben sei. Ich machte mir eifrig Notizen, schrieb auch meine verschiedenen Gedanken und Ideen nieder und am Ende der Stunde ließ ich alle Schüler und Dara im Garten vor der großen, blühenden Jasminehecke antreten. Ich stellte mich dazu und bat einen vorüberschlendernden Bruder ein Foto von uns zu machen.

Die Jungs freuten sich darüber sehr und ich musste ihnen versprechen, jedem einzelnen einen Abzug davon zu schenken. Die Burschen hatten nun ihren wohlverdienten Feierabend. Dara und ich schlenderten gemütlich in das Hauptgebäude um bei Bruder Damrong Fotoabzüge für die Jungs aus zu drucken, und ihm natürlich eine genaue Erzählung des ersten Tages zu liefern.

Erstens interessierte es Damrong persönlich sehr, und zweitens musste er als Schriftführer des Tempels einen genauen Bericht an den Finanzchef abliefern, um meine Bezahlung auch tatsächlich zu rechtfertigen. Als Damrong in unsere Gesichter blickte sagte er nur grinsend: „Also, fragen brauche ich wohl nicht, wie euer heutiger Tag verlaufen ist. Bleibt nur zu hoffen, dass sich eure Euphorie und Freude noch sehr, sehr lange hält."

Mit einem Zwinkern druckte er zehn kleine und zwei große Fotos aus, von denen er die großen jeweils an mich und Dara aushändigte. Und schon wieder verspürte ich diese verräterische Röte meine Wangen empor klettern. Ich fragte mich allen Ernstes, was denn mit mir los sei. Das dumme Gefühl, wenn man die Wärme in den Zehen spürt, wie sie langsam aber beständig den gesamten Körper hochklettert um dann im Gesicht wie ein Feuermal zu explodieren.

Gott sei Dank wussten meine neuen Kollegen ja nicht, dass ich normalerweise nicht so einfach rot wurde, und ich konnte ja immer noch behaupten, dass das bei Weißen ganz normal war. Ein wenig traurig verabschiedete ich mich nun und machte mich auf den Heimweg. Allzu gerne wäre ich noch bei diesen zwei lieben Menschen geblieben, aber diese wurden von ihrer Pflicht gerufen, sie mussten in ihren Bot, den Gebetssaal, und ihre täglichen Rituale absolvieren.

In meinem Haus wartete aber auch schon Lucy auf mich, die natürlich einen eigenen Haustürschlüssel hatte. Sie hatte zur Feier des Tages eine Flasche Prosecco gekauft, und das von ihrem auch nicht gerade üppigen Gehalt. Prosecco war teuer hier im Land des Lächelns. Aber es war ihr extrem wichtig, meinen großen ersten Tag gebührend zu feiern. Außerdem wollte sie mich etwas beschwippst machen, um dadurch leichter an Informationen zu kommen. Ihre List ging natürlich auf. Als wir gemütlich auf der Couch lagen musste ich selbstverständlich zugeben: „Er ist großartig, prickelnd und er verwirrt mich. Kaum blickt er mir in die Augen, was er ziemlich häufig macht, wird mir ganz heiß und ich muss mich konzentrieren um nicht wie ein verblödeter Teenager zu wirken. Ich hoffe nur, dass niemand, weder die Schüler, noch die Mitmönche und schon gar nicht Dara selbst etwas davon merken, wie es in mir arbeitet." Lucy nahm mich ganz fest in den Arm und küsste mich ganz oft und versprach mir, dass alles gut gehen würde. Und ich vertraute ihr.

Die nächsten Schultage verliefen relativ gelassen und normal, die Mittagspausen verbrachte ich generell mit Dara, den ich jeden Tag mit anderen frisch und selbstgemachten Delikatessen überraschte. Er dankte es mir immer mit einem verschämt aber strahlenden Lächeln und gab mir im Gegenzug dabei auch immer mehr Hintergrundinformation über die Jungs.

Wer zum Beispiel welches Hobby hatte, wer welche Lieblingsspeise, Lieblingstier und wer welche Abneigungen hatte. Dies war für mich so wichtig, um näheren und besseren Zugang zu den Buben zu bekommen, die ich insgeheim schon „meine Kinder" nannte.

Und auch diese gewöhnten sich recht schnell an mich und es schien als hätte mich jeder einzelne von ihnen, wenn auch auf seine eigene, spezielle Art schon ins Herz geschlossen. Tai, der Kleine suchte ganz besonders meine Nähe. Sooft es ging schlüpfte er auf meinen Schoß und schmiegte sein heißes, kleines Köpflein an mich. Diese Aktion wurde ganz besonders von Lek beobachtet, der dann immer ein wenig eifersüchtig dreinblickte, er selbst machte aber die wenigsten Versuche sich an mich anzunähern. Aber dazu blieb uns ja noch genug Zeit, es musste ja nicht alles auf einmal geschehen. Ich konnte warten, und war mir ziemlich sicher, dass auch Lek bald auftauen würde.

Alltag in der Schule

Im Unterricht machten wir ebenfalls kleine Fortschritte. Meine Schüler studierten eifrig, hatten aber mit der Aussprache des Englischen ebensolche Schwierigkeiten, als ich mit dem Thailändischen und so konnte ich die Kinder immer wieder ermutigen. Ich lobte sie, feuerte sie an, stachelte sie auf, noch mehr zu lernen, regte ihre Fantasie an und weckte Zukunftspläne. Bisher konnte sich keiner der Jungs vorstellen, tatsächlich einmal einer geregelten, ehrlichen Arbeit nachgehen zu können. Aber je mehr sie sich der Bildung erschlossen, um so grösser wurde ihre Hoffnung auf eine bessere Zukunft. Sicher hatten wir auch immer wieder Rückschritte. Wenn ein Test besonders schlecht ausgefallen war, oder wenn ein Schüler zum wiederholten Mal seine Hausaufgaben nicht machen wollte, dann zogen auch hier im Klassenzimmer dunkle Gewitterwolken auf.

Zusätzlich hatte ich auch die Aufgabe übertragen bekommen, die Kinder in Geschichte und Geografie zu unterrichten. Bruder Ajahn versprach sich durch diesen interkulturellen Austausch sehr viel. Er unterrichtete die Jungs in Mathematik, Biologie und Thai, und Dara war für Kultur und Sport zuständig. Die Fortschritte der Schulklasse mussten natürlich immer am Ministerium für Bildung gemeldet werden, und wie jede normale Schule hatten auch wir uns an Unterrichtspläne und Bildungswege zu halten. Ebenfalls mussten unsere Jungs, genauso wie alle anderen Schüler in Thailand geprüft und getestet werden, und die Beurteilungen an das zuständige Amt übermittelt werden. Ich hatte also nicht nur die Vorbereitungen für den Unterricht, diesen selbst, sondern auch noch eine Menge bürokratischen Papierkram zu erledigen, sogar in Thailand. Oft kam es mir sogar vor, als wäre hier die Bürokratie noch schlimmer. Jedes Formular, jeder Zettel und jedes Dokument musste gefühlte hundert Mal kopiert, unterschrieben und abgeheftet werden. „Schöne Grüße an den Regenwald" dachte ich mir regelmäßig, jedoch Vorschriften mussten hier akribisch eingehalten werden.

Zu Hause lief alles weiter wie bisher, nur, dass Lucy immer öfter bei mir übernachtete und wir letztendlich beschlossen, dass sie ganz bei mir einziehen sollte. Wir gestalteten die zwei kleinen Räume im Obergeschoss zu ihrem Wohnraum um. Die Wand wurde herausgerissen und wir zwei Mädels arbeiteten richtig hart um das Haus für unsere Bedürfnisse umzugestalten.

Natürlich sprachen wir das zu allererst mit Narumol, meiner Vermieterin ab, denn Probleme oder gar einen Rauswurf aus dem Haus und aus der Siedlung, die ich schon so lieb gewonnen hatte, wollte ich auf keinen Fall riskieren.

Diese war aber mit unseren Plänen einverstanden und bot uns sogar ihre Hilfe an. Mit körperlicher Arbeit konnte sie zwar nicht behilflich sein, Molly, wie wir Narumol liebevoll nannten war nämlich eine ziemlich dicke Thailänderin. Ihre Liebe zu allem westlichen zeigte sich vor allem in ihrer Liebe zu westlichem Essen. Unsere kleine Vermieterin hatte eher eine Figur wie ein kleiner Germknödel, als die einer zierlichen Thai.

Daher konnte sie körperlich nicht wirklich hart anpacken, schon das erklimmen des ersten Stockes bereitete ihr Schnappatmung, aber sie hatte eine Menge guter Ideen und auch viele Handwerker in ihrem Freundeskreis, und so erstrahlte unser Haus bald in neuem Glanz.

Da wir uns nun die Miete teilten, Lucy und ich, machte es auch gar nichts mehr aus, dass ich so wenig verdiente. Im Gegenteil, das hatte sich nun relativiert, und auch Lucy konnte wieder hemmungslos auf Partystreifzug gehen, ohne sich vor dem Loch in ihrer Geldbörse zu fürchten.

So oft als früher zog ich allerdings nicht mehr mit ihr um die Häuser, da ich sechs Tage die Woche arbeitete, und auch manches Mal sonntags im Tempel war. Denn da veranstalteten wir dann sportliche Aktivitäten, Spiele oder Picknicks.

Öfters begleitete mich Lucy dann in den Tempel, und sie erschien dort auch nach wie vor zu den Meditationsstunden. Sie verstand sich auch hervorragend mit meinen Schülern und diese akzeptierten Lucy als meine Freundin und ließen sich von ihr sogar Anregungen und Vorschläge geben.

Damrong war auch eine große Stütze bei unserem Projekt und ab und zu leierte er ein wenig Extrageld aus der Finanzkasse heraus, nur damit ich irgendetwas Besonderes für die Jungs kaufen konnte. Kleinigkeiten wie ein Boule-Set, einen Softball, Federballspiele und Zeichenblöcke kamen bei den Jungs gut an. Hierfür war ich Damrong sehr dankbar und zeigte es ihm auch, indem ich ihm einmal eine wunderbar leckere Torte backte.

Natürlich teilte er diese sofort mit den Jungs, die diese Süßigkeit ganz gierig verschlangen. Nur Dara gab Damrong einen Korb, als er ihm auch ein Stück davon anbot. Es war an einem schönen Sonntag, und auch Lucy war mit in die Parkanlage des Tempels gekommen und auch sie schüttelte verwundert den Kopf über Daras Verhalten, denn eigentlich war es nicht Sitte, dass ein Mönch etwas dargebotenes ablehnte. Dann aber nahm sie mich zur Seite und kicherte mir ins Ohr: „Der ist eifersüchtig, aber wie! Sieh mal wie argwöhnisch er Damrong und dich beobachtet, wie ein Hund, der Angst um seinen Knochen hat!"

Schnell hielt ich Lucy den Mund zu und drehte sie in eine andere Richtung, nicht, dass sich auch andere Leute Gedanken um das soeben vorgefallene machen konnten. Am Ende hatte Lucy vielleicht recht. Verstohlen blickte ich in Daras Richtung, unsere Blicke begegneten sich und sein Blick war eine Mischung aus Verletztheit und Wut. Diesen Blick kannte ich bisher nur, wenn er einen der Jungs damit bedachte, der sich schlecht oder daneben benommen hatte.

Später am Nachmittag bot sich dann die Chance mit Dara alleine im Gras zu sitzen. Alle anderen waren mit Spielen und Toben beschäftigt. Lucy war mit Damrong zum Meditieren gegangen, wohl wissend, dass ich ein Gespräch unter vier Augen mit Dara suchen wollte.

„Na, ist doch heute wieder ein sehr gelungener Tag geworden, die Jungs benehmen sich vorbildlich, sie toben sich aus und werden heute sicher gut schlafen, alle sind glücklich und sogar euren Vater Ananda habe ich seit langer Zeit wieder einmal herzlich lachen gesehen!". Zuerst antwortete Dara nur mit einem einsilbigen „Hm und Ja", aber dann brach es aus ihm heraus: „Was hat dir Damrong tolles gegeben oder getan, dass du ihn mit so einer gewaltig großen Torte belohnen musst? Er ist immer noch ein Mönch, vergiss das nicht!"

Ich war im ersten Moment so perplex und vor den Kopf gestoßen, dass ich gar keine Antwort geben konnte. Wäre Dara kein Mönch, ich hätte ihm wahrscheinlich eine geknallt. Stattdessen wurde ich zuerst käseweiß und dann puterrot, was Daras Zorn noch mehr zu schüren schien. Verächtlich schnaubte er und ließ mich dann einfach verdutzt im Gras sitzen. Eine einsame, kleine Träne verirrte sich aus meinen Augen über meine Wange und bevor ich sie noch wegwischen konnte, fand mich Lucy in diesem Zustand.

Ich brauchte ihr erst gar nichts erklären, sie schnappte mich nur an der Hand, rief den anderen etwas von dringender Erledigung zu und verließ mit mir in eiligstem Laufschritt das Tempelgelände. Kaum waren wir außerhalb der Tempelmauern angelangt, da schossen die Tränen nur so aus mir heraus und stockend erzählte ich ihr, was vorgefallen war.

„So ein blöder Hammel, ein eifersüchtiger Narr, was bildet der sich überhaupt ein, und wie kommt er überhaupt auf solche Gedanken?" Darauf konnte ich ihr natürlich gar keine Antwort geben. Ich konnte ihr nur schwören, dass ich weder mit dem einen, noch mit dem anderen etwas anderes als arbeitsbezogenen Kontakt hatte. Lucy nahm mich, wieder einmal, fest in den Arm und das war für das Erste Trost genug.

„Aber, und du kannst mich jetzt schimpfen, so viel du willst, ich glaube ernsthaft, der liebe Bruder Dara empfindet mehr für dich als nur brüderliche Nächstenliebe! Und das, meine Liebe solltet ihr so schnell als möglich klären, bevor alles noch viel komplizierter und verworrener wird. Und das kann dir niemand abnehmen, das musst du selbst in Angriff nehmen."

Ich wurde zwar immer noch geschüttelt von Tränen, beruhigte mich aber schön langsam wieder und wusste, dass meine Freundin recht hatte. Für den nächsten Tag plante ich eine nette kleine Überraschung für Dara. Ich wollte ihm einen kleinen selbstgebackenen Cupcake mitbringen, nur um ihm zu zeigen, dass man nicht unbedingt etwas Besonderes tun musste, um von mir beschenkt zu werden. Ich wollte ihn ein wenig beschämen und dazu bringen nachzudenken, was er mir da vorgeworfen hatte. Mit diesem Plan in der Tasche konnte ich den nächsten Tag kaum mehr erwarten.

Gleich in der Früh überreichte ich Dara eine kleine Dose mit dem Minikuchen, gab ihm aber keine Zeit irgendwie darauf zu reagieren, denn der Unterricht begann. Immer wieder während der Schulstunde suchte er meinen Blick um mit den Augen „Entschuldigung" zu sagen, und ich lächelte, verzeihend, mild und ein wenig hämisch.

In der Mittagspause, die Jungs waren gerade zum Mittagstisch abgetrabt, wir wollten uns eben unter den Baum setzen, als Pom, einer unserer Schüler ganz aufgeregt dahergelaufen kam und uns wild gestikulierend aufforderte mitzukommen.

Sofort wussten wir, dass etwas passiert sein musste, denn Pom war normalerweise nicht so schnell aus der Ruhe zu bringen. Also standen wir auf und rasten los. Was sich uns dann bot, war mehr als schrecklich, Lek lag im Gras und war blutüberströmt. Neben ihm ein Messer. Den Zusammenhang konnten wir in der ersten Schreckensminute nicht herausfinden. Dara schulterte den blutenden Jungen und legte ihn auf eine halbwegs saubere Betonfläche und ich untersuchte erst mal die blutende Stelle. Es war eine klaffende Wunde an seiner Pulsader an der linken Hand.

Geistesgegenwärtig riss ich mir meinen schönen neuen, weißen Baumwollschal vom Hals und Band ihm die Ader ab. Dara schnappte den Jungen und wir liefen raus auf die Straße, winkten uns ein Taxi heran und fuhren in das nächste Krankenhaus. Dort wurde der Junge dank meines Bittens sofort behandelt.

Er hatte immens viel Blut verloren, wurde an den Infusionstropf gehängt und uns wurde gesagt, dass er unbedingt über Nacht im Krankenhaus bleiben musste. Wir organisierten ihm ein Einzelzimmer und sicherten ihm eine optimale ärztliche Versorgung zu, was ich mittels meiner Kreditkarte sicherstellen konnte. Für die Jungs gab es natürlich keine staatliche Versicherung. Sie hatten lediglich die übliche 30 Baht Versicherung, doch mit dieser konnte nur eine sehr einfache Behandlung gewährt und erwartet werden. Doch mit Geld war hier alles möglich.

Lek wurde in seinem Zimmer an verschiedene Gerätschaften angehängt. Er bekam ein starkes Beruhigungsmittel gespritzt, das ihn sofort einschlafen ließ. Wir blieben aber noch lange an seinem Bett sitzen. Ich strich dem armen Jungen immer wieder die langen verklebten, verschwitzten Haare aus dem Gesicht und benetzte seine Lippen immer wieder mit einer Wasser und Essig Tinktur.

Ich sprühte ihm Insektenmittel auf den gesamten Körper, denn in diesem Krankenzimmer, so sauber und steril es auch war, wimmelte es nur so von Moskitos, und ich wollte nicht, dass der arme, kranke Bub nun auch noch von diesen Insekten zerstochen wurde. Ich dachte, was auch passiert sein mag, Lek hatte in der Vergangenheit genug leiden müssen.

Dara verließ fast lautlos den Raum. Ich sah kaum auf und fragte nicht, was er vorhatte. Und nachdem er kurze Zeit später mit einem Becher Eiskaffee für mich zurückkam, war diese Frage auch überflüssig geworden. Stunden später, die Sonne war schon lange untergegangen, Lek schlief einen tiefen Schlaf der Genesung, sagte Dara: „So, es wird jetzt Zeit für dich nach Hause zu gehen, du brauchst deinen Schlaf und für Lek wird hier Dank deines großzügigen, finanziellen Einsatzes mehr als gut gesorgt. Komm, ich bringe dich nach Hause."

Ohne großartig nachzudenken erhob ich mich und folgte Dara zum Ausgang, nicht ohne vorher noch meine Telefonnummer den Ärzten und Krankenschwestern zu geben, und sie zu ermahnen mich bei jeglichen Vorfällen sofort zu informieren. Egal um welche Zeit auch immer. Wir hüpften in das nächstbeste Taxi und Dara gab dem Fahrer meine Adresse an. Wir kümmerten uns auch nicht um den eigenartigen Blick, den uns der Taxifahrer zuwarf. Wir gaben auch ein sehr eigenartiges Paar ab.

Beim Aussteigen wollte ich mich von meinem Kollegen in der Mönchskutte verabschieden, doch er stieg mit mir aus, also bezahlte ich das Taxi und ließ es davon fahren. Nachdem der Tempel ja nur ums Eck war, dachte ich, Dara wollte die letzten paar Meter zu Fuß zurücklegen. Ich bot ihm vor seinem Abschied noch ein Glas Wasser an, das er gerne annahm.

Wir standen dann eine gefühlte Ewigkeit im Dunkeln in meinem Vorgarten. Lucy war nicht zu Hause, denn das ganze Gebäude war dunkel und still, ein untrügerisches Zeichen, dass meine Freundin ausgeflogen sein musste. War sie anwesend, dann brannte sicher in jedem Zimmer Licht und die Musik lief meist in einer Lautstärke, die nicht zu überhören war. Mich wunderte immer, dass die Nachbarn noch nie die Polizei geholt hatten. Doch irgendwie hatte ich das Gefühl, dass Thais bei Musik überhaupt keine Schmerzgrenze kannten.

Also standen Dara und ich immer noch in der Dunkelheit. Jeder hing seinen Gedanken nach, bis er mich auf einmal, fast ein wenig grob am Arm packte und durch die Zähne zischte: „Wir müssen reden, jetzt, sofort. Also geh bitte rein, mach kein Theater und stell keine Fragen!"

Theater machen und Fragen stellen lag mir in diesem Moment fern, denn ich war so überrascht und überrumpelt, ging einfach nur ins Haus, setzte mich auf die Couch und wartete. Irgendwie dachte ich, dass dem

Guten der heutigen Zwischenfall so zugesetzt haben muss.

Dara setzte sich neben mich, nachdem er das Licht ausgeschaltet hatte und begann zu erzählen: „ Ich kam mit acht Jahren in den Tempel, als Dek Wat, als sogenanntes Tempelkind. Es war für meine Eltern die einzige Möglichkeit mir ein wenig Erziehung und Ausbildung zukommen zu lassen. Sie hätten nicht einmal die Möglichkeit gehabt, mich auch nur annähernd gut zu ernähren, so arm waren wir damals.

Mit sechzehn wurde ich dann zum Novizen, was ich auch die nächsten vier Jahre blieb. Seit meinem zwanzigsten Lebensjahr bin ich nun ein richtiger Mönch, lebe im Zölibat und hatte auch noch nie eine Sekunde an diesem Weg gezweifelt. Ich kannte aber auch nichts anderes, ich war geborgen und aufgehoben. Ich hatte ein Dach über dem Kopf und immer ausreichend zu Essen und war den Mönchen unendlich dankbar.

Mir gefiel die Gemeinschaft und in meinem ersten Jahr als vollwertiger Mönch wusste ich sofort, ich will mein Leben den Jungs widmen, denen das Leben hart mitgespielt hatte. So würde ich etwas zurückgeben können. Und bis zum jetzigen Zeitpunkt, das heißt die letzten zwölf Jahre, ich bin jetzt zweiunddreißig, habe ich mein ganzes Leben nur den unterprivilegierten Kindern unseres Landes gewidmet. Und es gab nie einen Zweifel daran, dass das das Leben ist, das für mich bestimmt ist."

Hier machte er eine Pause und im Dunkeln sah ich seine glitzernden Augen. Noch konnte ich die Situation nicht einschätzen und wartete immer noch auf die Pointe seiner Erzählung. Und doch war eine eigenartige Spannung spürbar. Etwas, das nicht direkt greifbar war aber doch sehr intensiv und nahe. Ich bemerkte, dass Dara weinte, weinte wie ein kleines Kind.

Er wurde geschüttelt und ich konnte ihm nicht helfen. Ich wusste ja, eine Frau darf einen Mönch nicht berühren, und doch hätte ich ihn so gerne tröstend in meine Arme genommen, und wäre ihm liebend gerne über seine schwarz, glänzenden Haarstoppeln gefahren. Genauso, wie es meine liebste Freundin Lucy immer bei mir machte, wenn ich traurig war. Da war doch nichts dabei, und trotzdem stand ich nur auf und holte ihm ein Taschentuch. Wieder war ich knapp daran, ihn zu umarmen, doch dann fielen mir wieder seine Worte vom vergangenen Sonntag ein, ich solle ja nicht vergessen, dass Damrong immer noch ein Mönch wäre.

Etwas verändert sich

Und das war für mich ein direktes Zeichen, wie hart und ernsthaft Dara an seinen Schwüren des buddhistischen Mönchtums hing. Dara trocknete sich die Augen, schneutzte sich laut und sah mich dann unverwandt an. Ich hielt seinem Blick stand, fast war es als würden wir in unseren Augen versinken, aber auch das musste pure Einbildung sein.

Er war ein Mönch, es war dunkel, der Tag war anstrengend, da konnte ich mir in meiner Erschöpfung wer weiß was einbilden. Irgendwie hoffte ich inständig meine liebe Mitbewohnerin möge augenblicklich auf der Bildfläche erscheinen und andererseits spürte ich ein elektrisches Fieber und wollte, dass es steigt.

Ich war verwirrt und hing meinen verwirrten Gedanken nach, dass ich fast gar nicht mitbekam, dass Dara begann, meine Füße zu massieren. Und immer noch kamen mir keine abwegigen Gedanken, buddhistische Mönche hatten die Kunst der Massage entwickelt. Die Wiege der Massage stand in Bangkok im Wat Po, von hier aus hatte sich die Massagekunst über die ganze Welt verbreitet und noch heute werden die besten Masseure in dieser Tempelanlage ausgebildet.

Genüsslich seufzte ich als Dara einen besonders schmerzenden Punkt auf einen Fußsohlen bearbeitete und sich der Pein langsam löste und ich betete, die Zeit möge still stehen, so angenehm waren seine Berührungen. So unschuldig und sinnlich zugleich, so intim und doch auch so fern. Erst als er sagte: „Du hast wunderschöne, weiche und weiße Füße!" stockte mir der Atem und ich wusste mit einem Schlag, dass sich in unserer Beziehung von einer Sekunde auf die andere alles geändert hatte.

Einen Satz zurückgespult, und alles hätte seinen gewohnten Lauf nehmen können, aber plötzlich war alles anders. „Und du riechst immer so gut, wir Mönche dürfen uns ja nicht parfümieren, Seife ist das allerhöchste der Gefühle, du aber duftest wie ein ganzes Feld Jasminblüten und verbreitest einen Hauch von Vanille!"

Dara strich mir während er sprach zart über meine Knöchel und ich konnte seinen Atem auf meiner Haut spüren, so nahe war er mir. Ich traute mich kaum bewegen und auch war mein Mund wie zugenäht, mein

Hals war trocken und ich getraute mich kaum zu atmen. Aus Angst, mein Keuchen könnte meine Erregung verraten, wissend, dass es falsch war, so zu empfinden, ich war verwirrt.

Immer noch wartete ich auf einen Moment, der alles logisch erklären ließ, vergebens. Ich versuchte mir zwar in meinem Kopf eine Entschuldigung für unser Handeln zusammen zu reimen. Ich wusste, dass thailändische Kinder ihren Eltern und Großeltern aus Dankbarkeit und Ehrfurcht die Füße massierten, vielleicht war das ja Daras Dankbarkeit für meine Hilfe für sein Sorgenkind Lek.

Ich hatte kein Zeitgefühl mehr und das einzige was mir in diesem Moment einfiel war Dara zu fragen: „Musst du nicht zurück zu deinen Brüdern in den Tempel?" Er aber bearbeitete unendlich zärtlich und sanft weiter meine Füße, als wäre es das einzige was er je in seinem Leben gemacht hatte. Es fühlte sich an als wäre es seine Aufgabe Frauen mit Massagen zu verwöhnen und dabei fast um den Verstand zu bringen.

Es war als würde er mit jeder Bewegung, jedem Druck auf einen bestimmten Punkt meine Schmerzen und Zweifel der letzten Tage wegwischen. „Ich habe im Tempel angerufen und dem ehrwürdigen Vater die Nachricht hinterlassen, dass ich die Nacht über an Leks Krankenbett wachen würde. Du siehst ich habe heute nicht nur eines, sondern gleich mehrere meiner Gelübde gebrochen. Lügen, Begehren und Zweifel am Glauben. Und ich bin verzweifelt, ich bin zerrissen und weiß weder ein noch aus, seit ich dich kenne drehen sich meine Gedanken um dich alleine, und doch weiß ich, dass es falsch ist. Aber kann ein Gefühl, dass sich so richtig und echt anfühlt falsch sein? Am Sonntag fraß mich die Eifersucht auf Bruder Damrong fast auf, ausgelöst durch eine simple Torte. Es entwickelte sich weiter zu Hass, einem weiteren Bruch meiner buddhistischen Grundsätze. Sag mir, wie soll ich weiter leben, jetzt da ich weiß, dass mein bisheriges Leben anscheinend doch nicht das mir zugedachte Leben ist? Ich schäme mich, vor dir zu jammern und zu weinen, und doch wünsche ich mir nichts sehnlicher, als dass du empfindest, wie ich empfinde, dass du verstehst was ich meine und dass du mir hilfst einen Weg zu finden, raus aus dem Sumpf der Verzweiflung!"

Nun hatte er mein Bein ganz fest umklammert, so fest, dass es fast schmerzte und ich mir sicher war, die Abdrücke auch morgen noch sehen zu können. Und doch traute ich mich kaum zu bewegen. Immer noch kamen keine Worte über meine Lippen, nur kleine Schauer der Erregung liefen über meinen Rücken und meine Wangen glühten wie Feuer, aber ich war mir sicher, dass man das in der Dunkelheit nicht bemerken würde.

„Ich liebe es, wenn deine Wangen knallrot werden, wenn du dich freust oder dir etwas peinlich ist!" O.k. mein frommer Wunsch ungesehen vor mich hin glühen zu können wurde also nicht erhört, aber auch meine Fähigkeit zu sprechen hatte ich noch nicht wieder zurück erlangt.

In meinem Kopf waren tausend Wörter und Sätze, nur wollten sie nicht herausfinden. Vielleicht hatte ich Angst, mich nicht so herrlich romantisch wie Dara ausdrücken zu können, vielleicht fürchtete ich, den Zauber zu zerstören, also nahm ich all meinen Mut zusammen und streckte meine Hand aus, um Dara, meine geliebten Kuttenträger ganz sanft an der Wange zu berühren.

Für einen kurzen Augenblick dachte ich, ich hätte ihn jetzt verschreckt, den Dara sprang auf, aber gleich merkte ich, dass er nur zum Lichtschalter ging. „Ich will dich sehen, will jede Regung von dir erkennen, bitte, lass mich das Licht anmachen. Lass mich sehen, was deine Augen und deine

Bewegungen mir verraten wollen, denn deine Sprache hast du anscheinend verloren. Ein Umstand, der mich etwas verwirrt, mehr verwirrt als die ganzen Gefühle, denn sprachlos hatte ich dich bis jetzt noch nie erlebt. Eher sprudelnd wie ein Wasserfall, schreiend, lachend und laut, vorlaut und niemals um eine Ansage verlegen. Habe ich dich so verschreckt oder enttäuscht, dass du nicht mit mir sprechen willst?"

Ich stand kurz auf und bemerkte sofort den Schreck in Daras Augen. Er hatte Angst, dass ich davon laufen könnte, dabei wollte ich nur die Vorhänge schließen. Und dann war mein Sprachvermögen zurückgekehrt: „Nicht, dass ich mich schämen würde, hier mit dir zu sitzen, aber ich glaube es ist besser ein wenig vorsichtig zu sein, du weißt, meine Nachbarn sind sehr neugierig, überhaupt was mich, die weiße Frau in ihren Reihen betrifft, und ich glaube auch für dich ist es besser, wenn nicht morgen schon ganz Bangkok weiß, wo du deine Nacht in Wahrheit verbracht hast."

Dara atmete hörbar erleichtert auf und ein strahlendes Lächeln, wie das eines kleinen Kindes, das eben ein besonders schönes und wertvolles Geschenk erhalten hatte, zog sich über sein Gesicht. „Das heißt, du lässt mich diese Nacht bei dir verbringen? Du schickst mich nicht fort in Schande? Heißt das, du empfindest ähnlich? So lass mich doch bitte nicht so betteln und im Unklaren. Wochenlang quälen mich schon diese Gedanken und dieser schreckliche Vorfall heute mit Lek, war für mich wie ein Zeichen, eine Möglichkeit endlich mit dir alleine zu sein. Und egal, was Lek da schreckliches angestellt hat, und mit welcher Begründung auch immer, ich muss und ich werde ihm auf ewig dankbar sein, denn nur durch sein Verschulden kann ich mich dir nun endlich offenbaren!"

Ich musste in diesem Augenblick schmunzeln. Die eigenartigen, leicht gestelzten Formulierungen passten ja ausgezeichnet in die Umgebung des Tempels, aber hier mitten in meinem Wohnzimmer konnte man eine gewisse Komik nicht abstreiten. Das wollte ich dem armen Dara aber natürlich nicht sagen, dafür wäre in Zukunft noch genug Zeit. Sollte es denn eine Zukunft für uns beide geben, was ich mir ehrlich gesagt in diesem Moment ganz fest wünschte. Also lächelte ich meinen Mönch noch einmal ganz fest und besonders lieb an, bevor ich zu ihm sagte: „Ich kann es wirklich nicht abstreiten, dass auch du vom ersten Moment an etwas in mir hervorgerufen hast, das ich aber bisher immer verdrängt habe und als Unsinn abstempeln musste. Da es ja einfach nicht sein darf, aber schon bei unserem allerersten Zusammentreffen wäre ich am liebsten in deine wunderbaren Augen versunken und wären wir uns irgendwo auf einer Party begegnet, du ohne deiner orangenfarbenen Tracht, du hättest gar keine Chance gehabt, mir zu entkommen! Sogar Lucy fand dich von Anfang an heiß, ja, wenn ich mich recht zurück erinnere, dann war heiß genau der Ausdruck, den sie benutzt hat, heiß und sexy, verdammt sexy! Ich hatte schon Angst, meine wilde Lucy würde dich augenblicklich bespringen."

Jetzt war es an Dara ziemlich rot zu werden, obwohl das bei seiner dunklen Hautfarbe bei weitem nicht so auffiel, wie bei mir. Aber dennoch spürte ich, dass ich ihn mit dieser Aussage ordentlich in Verlegenheit gebracht hatte und dass er wohl noch nie in seinem Leben eine Unterhaltung wie diese geführt hat.

Ich wagte mich noch einen Schritt weiter und berührte ein weiteres Mal seine Wangen. Ich zog mit meinen Fingern seine Augenbrauen nach, die wild und buschig wuchsen, fuhr den Konturen seiner Wangenknochen nach und stupste seine kleine süße Nase. Dann wagte ich es, mich seinen Lippen zu nähern und zitterte als ich sie berührte.

„Ich habe noch nie in meinem Leben einen Menschen geküsst, meine Lippen haben noch nie die Lippen eines anderen berührt und zu gerne würde ich dich küssen, nur fehlt mir der Mut. Ich der erwachsene Mann ohne jeder Erfahrung und du, die wunderschöne junge Frau, die wohl jeden Mann auf dieser Erde besitzen kann, diese Situation macht mir Angst."

Bei diesen gestelzten Worten musste ich abermals, diesmal laut auflachen, konnte Dara aber sofort den Grund meiner Erheiterung erklären: „Mein lieber, lieber, lieber Dara, weder bin ich jung, du bist acht Jahre jünger als ich, noch bin ich wunderschön, und das mit jeden Mann dieser Erde haben können, das kannst du auch ganz schnell wieder vergessen. Sicher hatte ich schon einige Freunde und Männer und bin sicherlich kein unbeschriebenes Blatt, aber merke dir, in der Liebe ist alles erlaubt. Wenn man sich gerne hat, dann zählt die Vergangenheit nicht, weder was war, noch was nicht war, einzig und alleine der Moment ist wichtig.

Und ich kann mir nicht vorstellen, dass ein Mann, der mich alleine durch seine

Massage fast in die Ekstase treibt, nicht auch wunderbar küssen kann!" Mit diesen Worten überwand ich alle meine Hemmungen und presste meine Lippen auf seine. Zuerst ganz sanft, dann fordernder und fester und ich spürte seine Lust. Ich fühlte sein Beben und sein Verlangen und auch er saugte sich fest an meine Lippen.

Ganz vorsichtig wagte ich nun den nächsten Vorstoß und öffnete mit meiner Zunge ganz vorsichtig seinen Mund und fuhr ihm mit der Zunge über seine Zähne. Ich stupste neckisch seine Zunge an, erkundete seine Mundhöhle und war ganz gerührt, als er voll Wollust zu stöhnen begann. Als er sich verschreckt zurückziehen wollte, zischte ich ihm nur ein „Schschsch" von meinem Mund in seinen, griff nach seiner Hand und hielt sie ganz fest. Ich ließ ihn meinen rasenden Herzschlag spüren und wir hätten uns noch stundenlang so weiter küssen können, wäre da nicht mit einem Karacho die Türe aufgegangen und meine herzallerliebste Freundin Lucy stand plötzlich direkt vor uns.

Die Eingangstür, eine Schiebetüre befand sich direkt neben der Couch und meine Freundin und Mitbewohnerin saß mit einem Schritt schon praktisch auf unserem Schoß. Mit allem hätte Lucy wohl gerechnet, mit einer Orgie bestehend aus diversen Männern und Frauen, aber mich hier mit meinem Arbeitskollegen, dem Mönch, dem im Zölibat lebenden Mönch zu sehen, das raubte auch ihr den Atem und sie stotterte ein verwirrtes „Hoppala und Entschuldigung!"

Als sie merkte, dass Dara schon aufspringen wollte, beeilte sie sich zu sagen: „Ich verschwinde sofort in mein Zimmer, werde euch die ganze Nacht nicht mehr stören, zu eurer Beruhigung, ich habe den Fernseher immer sehr laut aufgedreht und ich werde keinen Ton von euch hören, egal wie wild ihr es auch treiben mögt! Außerdem bin ich ziemlich betrunken und werde mich morgen an diese Szene nicht mehr erinnern können. Und von dir meine Maus erwarte ich morgen eine Erklärung, aber eine haargenaue, Gute Nacht!"

Mit diesen Worten, einem frechen Zwinkern und einer Kusshand sprang meine Freundin die Stufen hoch zu ihrem Zimmer und wir hörten die Türe ins Schloss fallen und den Schlüssel klackern. „Scheiße, scheiße und nochmals scheiße!", das war das erste was mir in diesem Moment einfiel und Dara konnte im ersten Moment überhaupt nichts sagen. Für mich persönlich war es eigentlich überhaupt nicht unangenehm, dass Lucy aufgetaucht war.

Na gut, das Küssen hätte sie nicht unterbrechen müssen, aber von dem Vorfall an sich hätte ich ihr ohnehin am nächsten Tag genauestens Bericht erstattet. Aber Dara war total perplex, er hatte einfach nicht damit gerechnet so schnell entlarvt zu werden und konnte somit seine Gedanken überhaupt nicht sortieren und zuordnen.

So nahm ich abermals, ganz vorsichtig seine Hand, küsste seine Finger, jeden einzeln und mit enorm viel Gefühl, ich beschwor alle meine Verführungskünste herauf und ließ ihn mit meinen Liebkosungen die Welt herum vergessen.

Mein Plan ging auf und Dara ließ sich erneut total fallen. Er konnte sich wieder entspannen und wir gaben uns unseren gegenseitigen Küssen und Streicheln hin. Nach einiger Zeit aber löste ich mich von ihm, setzte mich aufrecht hin, hielt zwar immer noch seine Hand, aber signalisierte ihm, dass es nun wirklich an der Zeit war, uns zu unterhalten.

„Ich werde sofort alles für dich aufgeben, meine Kutte zurücklegen, das Kloster in Schande verlassen und von nun an nur mehr für dich da sein, meine Liebe, mein Herz, meine Welt und mein Leben! Wirst du von nun an dein Leben mit mir teilen, Tag und

Nacht nur mit mir sein und alles andere vergessen?"

Dara zitterte bei diesen Worten und ich merkte sofort, wie ernst es ihm dabei war. Und doch musste ich ihn bremsen, zu genau wusste ich, wie sehr er an den Jungs, seinem Projekt für die ärmsten der Armen da zu sein und auch an seinem Glauben hing.

„Mein Guter, mein Stern, ja ich weiß, dein Name Dara bedeutet Stern, und du warst von Anfang an mein Stern, der nur für mich zu leuchten schien, Dara, nochmals, bitte mach langsam mit den jungen Pferden, wir dürfen jetzt nichts, aber auch gar nichts überstürzen. Ganz im Gegenteil, jeder unserer weiteren Schritte soll jetzt sehr gut überlegt sein, denn es geht hier nicht um meine Arbeitsstelle im Wat. Eine Arbeit, noch dazu für diese Bezahlung, finde ich immer wieder.

Aber es geht um die Jungs, deine Jungs, für die du schon so viel auf dich genommen hast, für die du dich aufgeopfert hast, und die dich, die uns so dringend brauchen. Willst du sie jetzt im Stich lassen, nur um dich Hals über Kopf in eine Beziehung zu stürzen, von der du nicht weißt, ob sie morgen noch stand hält? Willst du diesen Buben ihre letzte Hoffnung und Chance auf ein besseres Leben nehmen, nur um dich jetzt sofort nur mehr der Liebe und deinen Gefühlen zu mir hin zu geben? Könntest du es mit deinem Gewissen vereinbaren, jetzt alles einfach hinter dir zusammenbrechen zu lassen, ohne Rücksicht auf Verluste?

Dara, mein Herz, auch ich fühle für dich eine so enorme Zuneigung. Ich spüre eine Liebe, die ich noch nie zuvor verspürt habe, aber genau deshalb müssen wir uns eine Möglichkeit überlegen, wie wir den Weg anders begehen können. Das ist keine Zurückweisung, und Gott weiß, dass ich nichts mehr als genau das will. Ich will mit dir zusammen sein, jetzt und immer, ich will mit dir kämpfen für die Jungs und ich will ein Leben mit dir zusammen aufbauen, aber dazu brauchen wir einen klaren Kopf.

Wir brauchen einen Plan und wir brauchen Verbündete. Und wenn du dir dann wirklich sicher bist, dass du den Tempel für mich und die Liebe verlassen willst, dann wird es geschehen, vertraue mir!" Ein weiteres Mal küsste ich meinen Liebsten und merkte sofort, wie er sich hungrig an mich klammerte, als würde er mich nie wieder los lassen wollen, und doch löste ich mich ein weiteres Mal, stand auf und stellte uns ein Glas kühlen Weißwein auf den Tisch.

Dazu packte ich eine Schüssel mit Knabbergebäck auf den Tisch, denn wenn schon die Regeln brechen, dann wenigsten so viele als möglich, mit dem wenigsten Aufwand. Ein Mönch darf nämlich auch keinen Alkohol trinken und um diese Zeit auch nichts mehr essen. Dara verstand mich sofort, ohne dass ich ihm irgendetwas erklären musste. Er griff beherzt in die Schüssel und genoss seine verbotene Mahlzeit und spülte das Ganze mit einem großen Schluck des herrlichen, kühlen Weines hinunter.

„Du bist die größte Verführerin auf dieser Erde mein Schatz, zum ersten Mal in meinem Leben habe ich nun geküsst, getrunken und auch außerhalb der erlaubten Zeit gegessen, aber es fühlt sich, wie würdest du sagen, verdammt gut an. Ich fühle keine Schuld oder Reue, im Gegenteil, ich bin hungrig nach mehr, mehr von dir und deiner Liebe. Ich will dich besitzen und mich dir hingeben, ich will ganz der Deine sein und dich spüren und schmecken, bis in die letzte Faser meines Körpers. Aber dennoch ich bewundere dich, wie du bei all dem auch noch die Größe und die Güte hast, an mich, mein weiteres Leben und vor allem an das Leben der Jungs zu denken.

Ich bete dich an, weil du für mich eine Heilige bist, eine Erscheinung und wahrscheinlich meine Bestimmung. Nur zu gerne nehme ich dein Angebot an, zusammen mit dir nach einem Plan für die Jungs zu kämpfen und einen Ausweg zu finden. Ich weiß, würde ich von heute auf morgen aus dem Tempel verschwinden, säßen auch die Kinder auf der Straße. So lass uns überlegen, was zu tun ist, aber versprich mir mein Herz, mich nicht zu verlassen, niemals."

Ich drückte seine Hand ganz fest, und schwor ihm, immer bei ihm zu bleiben, was auch kommen sollte, denn auch mir war von nun an klar, dass dieser Mann wohl meine Bestimmung sein sollte. Vielleicht war ja er der Grund, warum es mich überhaupt hierher verschlagen hatte und wahrscheinlich war er auch meine Rettung.

Endlich, nun da ich mir die Gefühle für ihn eigenstehen konnte, fühlte ich mich wieder frei, und meine Hexe Lucy hatte wieder einmal recht gehabt, verdammt! „Als erstes werden wir heute ganz früh zu Lek ins Krankenhaus fahren und so tun, als hätten wir tatsächlich die Nacht an seinem Krankenbett gewacht.

Dann warten wir auf das Ergebnis der Ärzte, ob wir den Jungen wieder mit nach Hause nehmen können oder nicht, und dann fahren wir ins Kloster zurück und werden den Unterricht wie geplant abhalten.

Du suchst dir einen Verbündeten, ich denke da an Bruder Damrong, dem du dich anvertrauen kannst. Im Zuge einer Beichte kann er dich auch nicht verraten, und nein, du brauchst nicht schon wieder eifersüchtig zu werden. Damrong löst in keinster Weise Gefühle in mir aus. Außer rein freundschaftliche Gefühle ist da nichts. Mein Herz bringst nur du zum Klingen, mein süßer, dummer, lieber, guter Dara."

Während wir noch beim Überlegen der nächsten Schritte waren, klingelte mein Handy und der Schreck stand mir augenblicklich ins Gesicht geschrieben, ein Anruf um diese Zeit konnte nur schlechte Nachrichten bedeuten, und tatsächlich war das Krankenhaus am Apparat. Sie baten mich so schnell als möglich zu kommen, denn der Zustand des Jungen hatte sich merklich verschlechtert.

Während ich noch beim Telefonieren war, riefen wir uns schon ein Taxi und rasten erneut Richtung Spital. Wir durften auch sofort zu Lek, der schon sehr bleich und schlaff auf seinem Krankenbett lag. Im Schlaf, das Beruhigungsmittel hatte anscheinend zu früh seine Wirkung verloren, hatte er sich wohl seine Wunde wieder aufgerissen und hatte sehr viel Blut verloren, ehe die Ärzte darauf aufmerksam geworden waren.

Und es stand schlecht um den kleinen Jungen, die Doktoren gaben ihm keine Chance mehr, zu schwach war sein Körper und sie wollten nur, dass in seinen letzten Minuten jemand bei ihm war. Die Blutung war zwar wieder gestoppt, und auch eine Blutkonserve war angelegt worden, doch der widerspenstige Körper des kleinen Mannes wollte dies nicht annehmen, es war als hätte der Körper aufgegeben.

Matt und leblos lag er da und Dara und ich konnten nur mehr seine Hand halten, während er seine letzten Atemzüge tat. Keine halbe Stunde später war es vorbei, Lek war von uns gegangen, leise, gar nicht so wild und laut und aufmüpfig, wie er sein bisheriges Leben geführt hatte, mein Liebster und ich sagten gleichzeitig leise „Danke, Lek, danke, was du für uns getan hast!", denn nur durch seinen wirklich mysteriösen Unfall mit dem Messer konnten wir überhaupt zusammen finden.

Das war Karma, Schicksal und Vorhersehung. Und wir schworen Lek noch am Totenbett, dass sein Sterben nicht umsonst gewesen sein sollte. Wir versprachen ihm, dass wir etwas aus unserer Beziehung machen würden und dass wir ihn immer als den Jungen in Erinnerung behalten werden, der uns die Liebe gebracht hatte.

„Und unser erstes Kind soll Lek heißen, egal ob Mädchen oder Junge!", das hatte mein Liebster nun laut gesagt und erntete dafür einen leicht verwunderten Blick von der Krankenschwester, da aber niemand auch nur mit der Wimper zuckte und reagierte, wertete sie es als Irrtum, da musste sie sich also verhört haben.

Ich aber jauchzte innerlich auf, denn nun wusste ich, dass auch mein letzter, größter und innigster Wunsch, ein Kind zu bekommen, bald in Erfüllung gehen würde. Das spürte ich einfach. Dara schloss Leks Augen, bedeckte ihn traditionell mit weißen Tüchern und arrangierte den Transport zurück in den Wat, wo der arme Junge dann aufgebahrt werden sollte und am dritten Tag im tempeleigenen Krematorium verbrannt werden sollte.

Dara rief noch einmal im Tempel an, und überbrachte die traurige Nachricht. Es war meine erste direkte Begegnung mit dem Tod, aber da der Buddhismus generell anders mit dem Sterben umgeht, war das ganze bei weitem eine nicht so traurige Angelegenheit. Sicher waren alle erschüttert und betroffen, aber alle wussten auch, dass der Tod zum Leben gehört und nun nur ein kleiner Teil von Leks Bestimmung vorüber war.

Wir beteten drei Tage lang für eine glückliche Wiedergeburt, brachten ihm Blumen, Geld und seine teuersten Habseligkeiten, um sie ihm für sein neues Leben mit zu geben. Sehr berührt hat mich die Aktion von Pai, als er Lek das gemeinsame Klassenfoto unter seine Tücher steckte, „damit du dich immer daran erinnerst, wer deine Freunde sind!" das waren Pais Worte. Der kleine Junge, der in seinem Leben schon so viele Schläge ertragen musste sprach wohl somit während der Zeremonie die berührendsten und treffendsten Worte.

Leks äußerliche Hülle wurde verbrannt, seine Asche verstreut und bald kehrte wieder der Alltag im Tempel ein. Der leere Platz im Klassenzimmer erinnerte zwar immer wieder an den fehlenden Freund und Kollegen, aber auch das besserte sich, nachdem sein leerer Stuhl entfern worden war. Dara und ich unterrichteten weiter die neun verbleibenden Jungs und machten riesen Fortschritte. Nur für unsere gemeinsame Zukunft hatten wir immer noch keinen Weg gefunden.

Weihnachten im buddhistischen Thailand

Zuerst näherte sich das Weihnachtsfest mit riesen Schritten, und obwohl im buddhistischen Glauben Weihnachten nicht gefeiert wird, man sieht trotzdem in ganz Bangkok überall Christbaumschmuck, Weihnachtsbäume und Pakete. Bunte Kerzen und Lichterketten werden aufgehängt, rote Weihnachtsmannmützen verkauft und im Radio wurden Weihnachtslieder gespielt.

Das sogar noch früher als in Österreich, ich konnte schon Mitte November mein erstes „Last Christmas" im Einkaufscenter hören. Darum plante ich auch für all meine Jungs eine kleine Überraschungsfeier. Meine Freunde in Österreich hatte ich dazu motivieren können, mir Spendenpakete für die Buben zu schicken, und es trafen nach und nach viele tolle Sachen ein.

Da waren viele Spielsachen, Hygieneartikel, Kleidung und Malsachen dabei. Bald hatte ich für jeden der Buben viele passende Geschenke zusammengestellt und nett verpackt. Lucy und ich backten zu Hause eifrig verschiedene Weihnachtskekse, bis wir beinahe keinen Platz mehr für deren Lagerung hatten. Die Küche platzte aus allen Nähten und von Vater Ananda hatte ich mir die Genehmigung eingeholt, meine ganze Klasse für die Weihnachtsfeiertage in mein Haus zu holen.

Zusätzlich dabei sein sollten auch Bruder Damrong und Bruder Dara, mein heißgeliebter Stern. Das logistische Problem war schnell gelöst, wir legten einfach Lucys Zimmer mit Matratzen aus, Platz genug also für die Jungs, die es ohnehin gewöhnt waren, auf engstem Raum zu schlafen.

Lucy sollte in meinem Zimmer mit mir übernachten und Dara und Damrong wollten auf der großen Couch im Wohnzimmer nächtigen. Im Vorgarten hatte ich eine große künstliche Tanne aufgestellt, die ich mit verschiedenen bunten Kugeln und einer elektrischen Lichterkette geschmückt hatte.

Die Pakete wurden mit Namensschildern versehen und unter den Baum drappiert. Für Bruder Damrong hatte ich ein Buch über österreichische Kirchen besorgt, da er dafür immer sehr großes Interesse zeigte. Für meinen Liebsten hatte ich ein offizielles und ein inoffizielles Geschenk. Das für die Öffentlichkeit bestimmte war ein Fotobuch mit Bildern von unserer gemeinsamen Zeit mit den Jungs, denn ich hatte fast täglich meine Kamera dabei und schoss unentwegt Bilder.

Das private Geschenk, das nur für seine und meine Augen bestimmt war, war ein kleiner silberner Anhänger in Herzform, in den verschlungen unsere Namen eingraviert waren, mit dem Satz, „in ewiger Liebe". Der Nachmittag des 24. Dezembers war gekommen und ich erwartete meine wilde Rasselbande.

Lucy und ich hatten auch noch fleißig gekocht. Es gab Truthahnbraten mit Semmelfüllung, Bratäpfeln mit Kastanien gefüllt und grünen Speckbohnen. Die Sitzpolster waren überall im Esszimmer und Wohnzimmer verteilt und es konnte ein rauschendes Fest mit thai österreichischem Kulturaustausch werden. Wir freuten uns alle schon sehr. Das einzige was mir in diesem Moment noch ein wenig Bauchweh bereitete war, dass sich mein Liebster ausgerechnet diesen Vormittag für seine Beichte bei Bruder Damrong ausgesucht hatte.

Ich fieberte schon ungeduldig einer Nachricht entgegen. Zwar hatte mein Herz jetzt ebenfalls, wie Bruder Damrong ein Mobiltelefon, und in der Zeit in der wir nicht zusammen sein konnten, jagten wir die Kurznachrichten nur so hin und her, aber nun wartete ich vergebens auf eine Mitteilung. Langsam wurde ich ungeduldig und zappelte hin und her. Fast hätte ich alleine eine Flasche Wein getrunken, wenn mich nicht Lucy tatkräftig dabei unterstützt hätte. Selbstverständlich nur, um mich vor der Blamage vor den Jungs zu bewahren.

Endlich kam die Erlösende Sms: „Kommen sofort, und.. alles in Ordnung, und....ich liebe dich von ganzem Herzen....Kuss, kann es nicht mehr erwarten, in deiner Nähe zu sein!" Ich las diese Nachricht sicher hundertmal, bis ich dann auch schon das Lachen und Poltern meiner Jungs aus der Ferne hörte.

Schnell sprang ich durch das Gartentor um meine wilde Horde in Empfang zu nehmen. Zur Feier des Tages hatten Lucy und ich uns so ordentlich aufgedonnert wie nur möglich, wir hatten ja die Ausrede, dass dies in unseren Heimatländern so üblich wäre. Ich trug ein violett glänzendes, weit ausgeschnittenes kurzes Flatterkleid, einen Push-up Bh, der mir Mega Brüste verpasste und die Haare hatte mir meine Lucy verwegen wild hochgesteckt.

Lucy selbst setzte auf Löwenmähne und das kleine Schwarze, wobei die Betonung wirklich auf klein lag. Mit einem Wort sie sah heiß aus, und würde ich nicht wissen, dass ich meinem Freund und meiner Freundin blind vertrauen konnte, ich hätte mich gefürchtet, die zwei auch nur eine Sekunde in einem Raum alleine zu lassen.

Als dann unsere Gäste eintrudelten, blieben auch ihnen die Münder offen stehen und sie kamen aus dem Staunen nicht mehr heraus. Die Kinder standen fasziniert vor dem Weihnachtsbaum und Dara musste mehrmals schlucken, als er mich sah.

„Ich muss verrückt sein, so eine Wahnsinnsfrau wie dich auch nur eine Sekunde alleine zu lassen. Ich könnte auf der Stelle über dich herfallen und kann dir wirklich nicht garantieren, wie lange ich mich im Zaum halten kann. Übrigens, Bruder Damrong weiß Bescheid, er hat mir die Beichte abgenommen, allerdings wusste er es schon lange. Angeblich seit dem Tag der Torte, und er wird weiterhin sein Schweigen halten, wenn ich ihm denn nur verspreche, bald eine Lösung für diese Situation zu finden.

Er meinte, alleine dir wäre ich es schuldig, aber ich sollte auch die Jugendgruppe nicht vergessen. Also, ein sehr schlauer Mann, unser werter Bruder." Dara zog mich unter einem Vorwand in die Küche, wo er mich unbeobachtet leidenschaftlich küssen konnte. Fast vergaßen wir die Welt um uns, zu lange war unser letzter Kuss schon her, und so musste uns wieder einmal Lucy vor Peinlichkeiten retten.

„Auf zur Geschenkeverteilung!" rief sie, die Kinder scharren uns schon Löcher in den Garten und pinkeln sich vor Aufregung fast in die Hosen. Also wenn ihr kein Unglück heraufbeschwören wollt, dann kommt ihr jetzt!", lachend trieb uns meine Freundin also wieder hinaus in den Garten, und wohl oder übel mussten wir voneinander ablassen. Jedoch schworen wir uns, dass sich diese Situation bald, ja sehr bald ändern musste. Also schalteten wir die vorbereitete CD mit Weihnachtsmusik ein und begaben uns zu unseren Kindern zum Christbaum.

Dort wartete die Schaar schon ziemlich hibbelig auf die Verteilung der Pakete, und jeder von ihnen hatte schon verstohlen geguckt, ob sie nicht irgendwo ihren Namen auf einem Packerl lesen konnten. Lucy begann nun wie ein Weihnachtengel im Teufelskostüm die Geschenke zu verteilen, und die Buben rissen aufgeregt das Papier ab und jauchzten vor Freude über ihre erhaltenen Gaben. So viele Geschenke hatte noch nie einer von ihnen bekommen und sie konnten ihr Glück kaum fassen.

Vergnügt sangen wir die Weihnachtslieder mit und auch während des Essens ließ die ausgelassene Stimmung nicht nach, die Jungs achteten peinlichst genau, ihre Geschenke nicht mit den fettigen Fingern zu beschmutzen und noch nie zuvor hatte ich die Racker freiwillig so ordentlich ihre Hände waschen gesehen.

Dara blätterte versonnen in seinem Fotobuch, und er bemerkte gar nicht, dass sich die Jungs bald über ihn lustig machen wollten, weil er so gar keinen Blick von den Fotos lassen wollte. Immer wieder musste er eine Bemerkung zu dem Geschehen auf den Bildern machen und er verschlang die Fotos gerade zu.

Sein Blick war so voller Liebe, dass ich schon Angst hatte, wir könnten jetzt und auf der Stelle vor den Kindern auffliegen, aber die konzentrierten sich doch vermehrt auf ihre eigenen Geschenke, und auf die Kekse, die Lucy herbeischleppte. Obwohl alle schon so volle Bäuche hatten, konnten sie bei den süßen Delikatessen noch kräftig zulangen. Mein Geschenk von Dara war etwas ganz Besonderes und rührte mich zu Tränen. Er hatte mir den Ring seiner Mutter geschenkt, sein einziges Erinnerungsstück an seine Familie, aber er flüsterte mir zu: „Keine Sorge, ich weiß dass wir bald vereint sein werden, und dann ist auch dieser Ring wieder immer in meiner Nähe!"

Gott, oder Buddha, oder wer auch immer du da bist....wie sehr ich diesen Mann liebte! Auch Dara hatte sein geheimes Geschenk nun erhalten und band es sich an seinen Körper, zwar an eine Stelle , an der es nicht für jeden ersichtlich war, aber er wollte diesen Anhänger keine Sekunde mehr abnehmen, womit er schon wieder gegen ein Gesetz der Mönche verstieß, dass ihnen jeglichen Schmuck verbat.

Von Lucy bekam ich einen Gutschein in einem tollen Hotel auf der Insel Phuket für drei Nächte und für zwei Personen, inklusive Flug, und ich wusste, wie sehr sie dafür gespart haben musste. Sie erhielt von mir drei Konzertkarten ihrer verschiedenen Lieblingsstars inklusive Meet and Greet und auch sie fiel vor Freude darüber fast aus allen Wolken.

Aber das absolut tollste Geschenk war das von Bruder Damrong. Dara erhielt von ihm eine Urlaubsbestätigung für die nächsten paar Tage, abgesegnet von Vater Ananda, die er ihm wohl unter irgend einem Vorwand entlockt hatte, und zusätzlich die Versicherung, er würde sich selbstverständlich persönlich um die Kinder kümmern, während unserer Abwesenheit.

Ich hatte ja sowieso während der Feiertage Urlaub und so war es schon beschlossene Sache, dass wir Lucys Geschenk sofort einlösen wollten. Gleich zwei Tage später sollte es auf die Reise gehen. Ich erhielt ebenfalls ein kleines Kuvert von Damrong, auf dem Kärtchen stand nur: „Ich schenke dir diese Nacht."

Verwirrt blickte ich ihn an und er deutete auf Lucy, sie möge mir alles erklären. Also auch hier hatte meine Supermaus ihre Finger im Spiel. Wieviel Glück hatte ich doch gehabt, diese wunderbare Frau kennenzulernen. Wenn man so überlegt, der Tempel hatte mich reich beschenkt. Lucy also begann zu erklären: „Kinder oben, du Schlafzimmer, Dara Schlafzimmer, ich Küche, Damrong Wohnzimmer, Einwände? Keine? Gut, beschlossene Sache!", sie drückte mir einen festen Kuss auf den Mund und die Jungs, die das gesehen hatten riefen im Chor: „ Miss Lilly ist verliebt, Miss Lilly ist verliebt!"

Da mussten wir alle lachen und es war kollektives Gruppenkuscheln angesagt. Als es dann schon fast Mitternacht wurde, brachten wir die Jungs in den ersten Stock und verfrachteten sie auf ihre Matratzen, Dara erzählte ihnen noch eine besinnliche Geschichte, ermahnte sie ja brav und leise zu sein, und während er noch die letzten Worte sprach, war schon das erste leise Schnarchen der Buben zu hören, es war ja ein enorm anstrengender Tag für die Knaben.

Lucy, Damrong und ich hatten uns schon auf die Couch gesetzt und für jeden ein Gläschen Sekt eingegossen, sogar Damrong wollte sich heute ein Glas genehmigen: „Braucht ja keiner zu wissen!", meinte er zwinkernd. Dara kam zu uns herunter und setzte sich ganz pflichtbewusst zu seinem Mitbruder, der aber verstaubte ihn mit den Worten: „Wenn du dich jetzt nicht zu deiner Liebsten setzt und die Chance nutzt, dann garantiere ich dir, nehme ich die Chance wahr....und ich lasse sie sicher so schnell nicht mehr los!"

Grinsend sprang mein Herz zu mir, umarmte mich und küsste mich, als würde morgen die Welt untergehen. Unsere Körper waren wie elektrisiert und das Knistern musste für alle zu hören gewesen sein. Nachdem wir die zweite Flasche Sekt geleert hatten, entschuldigten wir uns und verschwanden beschwingt in unser Schlafzimmer. Zum ersten Mal würden wir heute zusammen schlafen gehen und auch morgen gemeinsam aufwachen. Wir konnten unser Glück nicht fassen und mahnten uns doch zur Ruhe, da ja die Kinder am anderen Ende des Ganges schliefen.

Vorsichtig setzten wir uns aufs Bett, hielten uns an den Händen und sahen uns tief in die Augen. „Willst du das Licht an oder ausmachen?" fragte ich meinen Liebsten und er entschied sich für Licht aus, denn er hatte noch ziemliche Schamgefühle sich zum ersten Mal vor mir zu entkleiden.

Gemeinsam huschten wir im Dunkeln ins Badezimmer und duschten uns in der Dunkelheit. Vorsichtig seifte ich meinen Liebsten ein und schon alleine der Duft meines Duschgels machte ihn verrückt, und erst meine Berührungen brachten ihn um den Verstand. Ziemlich schnell merkte ich, was sich da in seinen unteren Regionen tat, und sehr, sehr behutsam seifte ich nun auch seinen schon sehr erigierten Penis ein.

Er stöhnte laut, dass ich schon Angst hatte, er würde das ganze Haus samt Nachbarschaft aufwecken, aber alles ging gut, niemand hatte etwas gehört, oder höflich überhört, wie mir Lucy später gestand. Vorsichtig seifte nun auch Dara meinen Körper ein und ich führte seine zittrigen Hände erst zur Unterstützung.

Doch sehr bald fand er seinen Weg alleine und berührte mich, so dass auch mir Hören und Sehen verging. Bevor wir nun aber endgültig Schwimmhäute bekamen, übersiedelten wir zurück in unser Bett. Unser Bett, alleine diese Worte klangen so süß in meinen Ohren. Wir legten uns auf die kühlen Laken und innerhalb weniger Sekunden fielen wir übereinander her.

Ganz vorsichtig und behutsam liebten wir uns und es war das wundervollste Erlebnis, das ich je hatte. Noch nie wurde ich mit so großen Gefühlen geliebt und nie zuvor hatte mich ein Mann so berührt. Dara, mein Stern, mein leuchtender Stern berührte nicht nur meinen Körper, sondern auch meine Seele. Er hatte so ein enormes Einfühlungsvermögen, dass ich es niemals für möglich halten konnte, dass dies sein erster sexueller Kontakt gewesen war.

Eng umschlungen und fest aneinander gekuschelt schliefen wir dann endlich ein, obwohl keiner von uns zweien wirklich schlafen wollte. Zu kostbar waren diese Minuten in ungestörter Zweisamkeit. Aber ich glaube wir liebten uns sogar im Schlaf noch mindestens einmal, kurz hatte ich einen ziemlich plastischen Traum, als sich nämlich zwei verschwitze, speckige Hände um meinen Hals schlangen und sagten: „Gute Nacht, Mami!", sich dann umdrehten und Dara umarmten: „Gute Nacht, Papi", aber da war ich dann schon wieder in einer Tiefschlafphase.

Geweckt wurden wir dann durch das kitzeln unserer Nasen, hatte sich doch tatsächlich gestern Nacht noch der kleine Tai zu uns ins Bett geschlichen, und mein Traum, den ich hatte, war in Wirklichkeit kein Traum. Der Kleine strahlte übers ganze Gesicht und wir bedeuteten ihm aufzustehen, sich ins Kinderzimmer zu schleichen und zu ja niemandem etwas vom Gesehenen zu sagen.

Der Zwerg versprach es und verschwand, immer noch glücklich grinsend, es war wohl auch für ihn die geborgendste Nacht seit ewigen Zeiten. Und während mein wohl unersättlich gewordener Liebling schon wieder in mich eindrang und mir kehlige Laute der Erregung entlockte, sagte ich: „Den Kleinen würde ich gerne behalten!" Wir liebten uns noch so lange es ging. Erst als dann schon das gesamte Haus auf den Beinen zu sein schien, mussten wir uns auch aufquälen und überlegten, wie wir jetzt ungesehen hinunterkommen würden.

Ich beschloss vorzugehen und zu behaupten Dara wäre schnell etwas einkaufen gegangen. Gott sei Dank merkte keines der Kinder etwas und sogar der kleine Tai schien von nichts eine Ahnung zu haben. Wir frühstückten alle noch zusammen, räumten dann gemeinsam etwas auf und schon war die Zeit gekommen um Abschied zu nehmen. Die zwei Mönche mussten mit den Kindern wieder zurück in den Tempel.

Alle Kinder packten ihre Geschenke zusammen und verließen dann, nicht ohne noch hundertmal „Danke" zu rufen unser Haus. Dara flüsterte mir noch verschwörerisch zu: „ Danke für die wundervollste Nacht in meinem Leben, und Danke, dass du die Meine bist, du wundervollste aller Frauen, und denke daran, morgen fliegen wir gemeinsam nach Phuket. Ich liebe dich, über alles!"

Ich konnte gar nichts mehr erwidern, da die Truppe schon im absoluten Aufbruch war. Zurück blieben Lucy und ich, wir waren völlig erschöpft, doch Lucy anscheinend nicht erschöpft genug, um nicht wirklich alle Einzelheiten hören zu wollen. Ich erzählte ihr alles ganz genau und sie drückte mich vor

Freude, und über den nächtlichen Besuch des kleinen Tai wollte sie sich schier ausschütteln vor Lachen.

Lucy und ich setzten uns mit einem großen Becher frisch aufgebrühten Ingwer Eistee auf die Terrasse und ließen die letzten zwei Tage Revue passieren. So viele Momente gefüllt mit purer Freude und Lebenslust, das Lachen der Jungs und ihre ehrliche Freude an den Geschenken, diese Weihnachten war das ehrlichste und purste Fest in meinem bisherigen Leben.

Lucy sah mich ernst an und sagte, sie müsse mir noch ganz dringend etwas anvertrauen, ich dachte schon, auch sie hätte sich jetzt einen Mönch gekrallt, oder den armen Bruder Damrong zumindest verführt, aber weit gefehlt, die zwei hatten eine sehr lange und ernsthafte Unterredung.

Ein Gespräch, in dem Erotik im zwischenmenschlichen Sinne so gar keine Rolle spielte. „Hast du dich nie gefragt, warum Bruder Damrong euch so unterstützt und eure Lügen deckt? Warum er seine eigene Würde, sein Ansehen und sein Gesicht riskiert, nur um euch schöne Momente zu bescheren? Glaubst du dass das aus reiner Nächstenliebe geschieht? Dann bist du reichlich naiv, meine Liebe! Damrong versucht damit nur sein eigenes Gewissen zu beruhigen und vielleicht auch Pluspunkte für sein nächstes Leben zu sammeln, denn auch er hat ein dunkles Geheimnis, das er schon unzählige Jahre mit sich herumschleppt.

Sicher, wir kennen ihn schon immer als aufgeschlossenen Mönch, der neuen Generation, der keine Scheu hat, sich neuen und modernen Dingen zuzuwenden, der den Fortschritt und die Moderne liebt, und doch quält ihn schon sein ganzes Mönchsleben eine einzige Sache, die er wohl nun anhand eurer Geschichte wieder gut machen möchte.

In seinen jungen Jahren, als er noch ein Noviz im Tempel war, zwar schon nach den Regeln der Mönche gelebt hatte, aber noch nicht ins Zölibat eingetreten war, hatte er sich verliebt. In eine thailändische junge Frau, die täglich in den Tempel kam um zu beten und zu meditieren. Sie hatten stundenlange Gespräche und philosophierte über alles Mögliche auf dieser Welt und verstanden sich einfach vom Kopf und vom Herzen her perfekt.

Es kam wie es kommen musste und sie näherten sich an. Zuerst war da nur scheues Händchen halten, dann der erste Kuss und schließlich und endlich landeten sie auch im Bett zusammen, oder besser gesagt auf der

Yogamatte im Meditationsraum! Beide lebten natürlich mit einem unendlich schlechten Gewissen, aber das Mädchen war sehr, sehr verliebt und wollte eine Entscheidung. Er musste wählen, entweder sie oder der Tempel. Damrong wusste, dass er für eine monastische Laufbahn in strengem Zölibat leben musste, er wusste, dass er, würde er aus dem Orden ausscheiden für immer ein Ausgestoßener sein würde, der sich nirgends mehr blicken lassen könnte...und so entschied er sich, gegen sein Herz, sondern für seine Ängste, nahm den einfachen Weg, der ihm Karriere versprach und Geradlinigkeit.

Er wählte die Sicherheit hinter den Klostermauern, auch wenn das Verzicht für ihn bedeutete. Das Mädchen hat sich dann wohl aus Kummer über diese zerbrochene Liebe in den Fluss gestürzt und sich somit das Leben genommen. Es existiert ein Abschiedsbrief, den sie Damrong zukommen hatte lassen, in dem sie ihm vergibt, und ihn bittet, auch ihr und auch sich selbst zu vergeben. Ich denke aber, dass er es bis heute noch bereut, damals so feige gewesen zu sein, und will euch nun helfen, die richtige Entscheidung zu treffen. Er sagt auch, er ist sich nicht einmal so hundert prozentig sicher, dass Dara das Kloster verlassen soll, um mit dir zu leben, umgekehrt steht er aber auch nicht fest darauf ein, dass dein Dara im Wat bleiben sollte um dich zu vergessen. Er will nur, dass ihr beide genau überlegt, eure Herzen prüft und dann die richtige Entscheidung, gemeinsam trefft."

Während dieser Geschichte aus Bruder Damrongs Leben stellte sich bei mir die Gänsehaut ein und fürchterliche Gedanken schossen durch meinen Kopf: „Was, wenn ich meinen Dara unglücklich mache? Wenn er für mich seine Brüder und seinen Orden verlässt, nur um später heraus zu finden, dass dieses Leben nicht sein Leben ist? Er kennt ja kaum etwas anderes als das Tempelleben, was wenn ihn nur das Neue reizt? Was aber, wenn er sich von Haus aus gegen mich und unsere Liebe entscheidet? Wenn er mir gestehen muss, dass seine Liebe zum Glauben grösser ist als seine Liebe zu mir? Könnte ich das verschmerzen? Würde ich das überleben?"

Mir war klar, dass ich mit meinem geliebten Dara noch viele intensive Gespräche zu diesem Thema würde führen müssen, und dass wir unsere Pläne, gemeinsam das Leben zu bestreiten, wirklich noch gut überdenken sollten. So sehr ich an unsere Liebe glaubte, so groß waren auch die Zweifel und die

Ängste. Und die konnte mir keiner nehmen, keiner, außer Dara vielleicht.

Urlaub auf Phuket

Am nächsten Tag trat Dara seinen ersten und lang ersehnten Urlaub vom Klosterleben an. Er kam über Umwege mit dem Bus bei mir an, und schlich sich ins Haus. Lucy hatte ihm schon Kleidung eingekauft, denn Dara besaß außer seinen drei orangenen Kutten keine Kleidung. Ich schloss ihn sofort in die Arme und schickte ihn dann ins Badezimmer um sich zu duschen und umzuziehen.

Extra hatte ich ihm auch ein wohlriechendes Herrenduschgel besorgt, und einige Pflegeprodukte. Denn nun, wo er ja Urlaub vom Tempelleben hatte, und sowieso schon alle Regeln brach, konnte er auch ruhig ein wenig der Eitelkeit frönen. Und ich merkte sofort, welch großen Spaß und welche Freude ihm diese Sache bereitete. Als er das Badezimmer verließ und auf mich zu trat, da stockte mir der Atem erneut.

Ein komplett neuer Dara stand vor mir, ich erkannte ihn kaum wieder, er war so unendlich schön, dass mir fast die Tränen kamen. Es war eher so, dass ich tatsächlich in Tränen ausbrach, und mich mein Liebster erschrocken fest an sich zog. Er verstand den Zusammenhang zwischen seiner optischen Veränderung und meinem Gefühlsausbruch gar nicht, hielt mich aber fest und beruhigte mich mit seiner Stimme. Er roch so gut, trotz seinem Parfums und den Pflegecremes roch er immer noch nach Dara, sein eigener Geruch wurde durch die Duftwässerchen nur verstärkt, sein stoppeliges Haar schimmerte blau-schwarz und seine Augen glänzten.

Ich konnte mich kaum satt sehen an diesem, meinem schönen Mann mit seinen unendlich, langen, geschwungenen Wimper, um die ihn jedes Mädchen beneiden musste. Lucy hatte ihm eine dreiviertel lange Jeans und ein Polo-Shirt hergerichtet. Ich musste die Bekleidungssache meiner Freundin überlassen, da ich nicht fähig gewesen wäre, zu bestimmen, was mein Liebster tragen sollte.

Und Lucy bewies wie immer größten Geschmack. Sie hatte sich auch um die gesamte Urlaubgarderobe für meinen Schatz gekümmert und führte uns nun ihre Errungenschaften vor. Das schwarze Hemd, die bunte Badeshort, die lange weiße Leinenhose, verschieden T-Shirts zum Wechseln, und sogar an Unterwäsche hatte sie gedacht. Mit ihrem untrügerischen Kennerblick für Männer hatte sie sogar bei allem die richtige Größe erwischt. Ich war stolz auf meine liebste Freundin und war ihr dankbar, dass sie mir diese Aufgabe so gerne abgenommen hatte. Dara und ich packten nun unsere Sachen in einen gemeinsamen Koffer, alleine dieses Gefühl war unbeschreiblich, unsere Sachen in einem gemeinsamen Koffer vereint, alles schien mir wie ein Symbol zu sein, wie ein Zeichen. Ich nahm mir fest vor, diese wenigen Tage in Phuket nicht mit trüben Gedanken zu vermiesen, und wir wollten nur unsere gemeinsame Zeit genießen, uns noch besser kennenlernen und es auskosten Tag und Nacht zusammen sein zu können. Es sollte eine Zeit ohne Versteckspiel, und ohne Erklärung werden. Wir würden dort sein, wie jedes andere, verliebte Paar auch.

Also stiegen wir ins Taxi und ließen uns zum Flughafen bringen, checkten ein und saßen bald schon auf unseren Plätzen. Dara hielt ganz fest meine Hand, er saß am Fenster und starrte gebannt hinaus, es war sein erster Flug und er war aufgeregt wie ein kleines Kind. Als das Flugzeug dann endlich auf Reisehöhe geschossen war, küssten wir uns über den Wolken und Dara nahm meinen Kopf zwischen seine so wunderbar zärtlichen Hände.

Er schaute mich tief mit seinen schwarzen Augen an und sagte zu mir: „ Meine liebste, liebste Lilly, ich werde dich nie, nie, niemals wieder aufgeben, möge unser Weg, der vor uns liegt auch noch so schwer sein, mögen die Steine, die uns in den Weg gerollt werden auch Tonnen wiegen, wir werden alles gemeinsam schaffen, und wenn du mich so aufrichtig liebst, wie ich dich, dann schwöre ich dir, werden wir eine perfekte und wundervolle Zukunft haben. Nur Geduld, es darf nichts überhastet werden, hab einfach Geduld und vertraue mir!"

So schön seine Worte auch waren, bei den Worten Geduld und Warten sträubte sich etwas in mir, zwar nur ein ganz klein wenig, aber das Gefühl des Widerstandes war da, so sehr ich es auch zu unterdrücken versuchte. So aber küsste ich meinen Liebsten auf die Nasenspitze, bestellte bei der Stewardesse zwei Gläser Orangensaft und wir verbrachten diese eine Stunde Flugzeit mit Händchen halten und glücklichem Grinsen.

Nach der Landung und der Prozedur am Flughafen wurden wir vom Hotelbus abgeholt und direkt in unser Domizil für die nächsten drei Nächte gebracht. Niemand an der Rezeption sah uns auch nur komisch oder schräg an, niemand kam auf die Idee, dass mein Liebster ein Mönch wäre, obwohl das seine größte Angst war. Bei so ganz einfachen Dingen des Lebens kam er sich so unendlich dumm vor und hatte Panik durch seine Unsicherheit sein Inkognito auffliegen zu lassen. Immer und immer wieder beruhigte ich ihn. Und wenn einmal jemand komisch guckte, dann nur, weil ich als weiße Frau einen thailändischen, jungen und sehr attraktiven Mann an meiner Seite hatte.

Die breite Masse war es eigentlich nur gewöhnt, alte, fette Männer mit jungen und hübschen Thailänderinnen zu sehen, die ihre Töchter oder Enkelinnen sein könnten. Aber als die Leute merkten, wie verliebt wir zwei waren, kamen ihnen keine Zweifel mehr an der Echtheit unserer Liebe und ich war dem Klischeedenken entkommen, mir hier einen jungen, knackigen Toy-boy besorgt zu haben.

Obwohl mich der Gedanke, dass die Leute meinen keuschen und ehrlichen Dara für einen Gigolo halten könnten, ein wenig erheiterte. Als ich ihm diese Gedanken verriet, genierte er sich zuerst zwar ein wenig, musste dann aber selbst lachen. Er hob mich hoch, drehte mich im Kreis, küsste mich, strich mir durchs Haar und presste mich an seinen Körper, er suchte Berührung sooft es ging, als würde es kein Morgen geben, und ich genoss jede Einzelne davon.

Unser Zimmer war hell, sauber und duftete wunderbar. Das Badezimmer war mit einer riesigen Sprudelwanne ausgestattet und vor der Terrassentüre wartete ein kleiner privater Pool auf uns. Ich war entzückt und automatisch kamen mir eine Menge schmutziger Gedanken, mein Herz pochte und auch in meinen unteren Regionen fing es verdächtig an zu klopfen. Ich konnte es kaum erwarten, meinen Liebsten an all den verschiedenen Orten zu verführen und zu lieben, ich wollte uns Momente schaffen, an denen wir dann wieder lange zehren konnten.

Also schmiss ich die Taschen in eine Ecke, fegte den Koffer vom Bett und zog den überraschten Dara zu mir auf die blütenweißen Laken. Vorsichtig öffnete ich seine Hose und merkte dass auch er schon ziemlich erregt war. Rasch zog ich ihm auch noch das Shirt über den Kopf, entledigte mich meiner Kleider, wir rissen uns die Unterwäsche vom Körper und schon drang er in mich ein. Dieses Mal mit so einer enormen Kraft und Stärke, dass mir direkt schwindlig wurde.

Es waren wohl wütenden Stöße, Wut über die verlorene Zeit, Wut wegen der Zeit die wir nicht zusammen verbringen konnten und vielleicht auch Wut darüber, dass er durch mich erst in diese Verlockung und in den

Genuss der Erotik gelangt war. Wir kamen schnell und verschwitzt zu einem gemeinsamen Höhepunkt. Seine Aggressivität hatte mich auch ziemlich erregt und ich stellte mir vor, welche Praktiken wir noch zusammen versuchen würden. Zuerst aber wollte ich meinen zärtlichen, lieben und sinnlichen Dara zurück.

Also fragte ich: „Was war denn das? Wo kam denn diese Energie her? Ich hoffe, die Wut in deinen Stößen hat nicht mir persönlich gegolten!". Erschrocken nahm Dara meine Hand, küsste sie und krächzte noch etwas außer Atem: „Ich hoffe, ich habe dich nicht verletzt? Weder deinen Körper noch dein Herz? Das war nicht meine Absicht, meine Liebe, bitte glaube mir, aber es war, als hätten mich die Engel und die Teufel gleichzeitig geritten und als würde ich sie mit jedem Stoß abschütteln müssen, was mir dann auch letztendlich gelungen war! Ich verspreche dir, ich werde niemals wieder so rücksichtslos in dich eindringen, bist du sicher, dass alles in Ordnung ist?"

Mein Hase machte sich also ernsthaft Sorgen. Wie sollte er auch wissen, dass zur Sexualität auch manches Mal unzertrennlich Grobheiten gehörten, und die mich ab und zu sogar anturnten. Als o versicherte ich ihm, dass alles in Ordnung war, erklärte ihm dass ich riesigen Spaß an unserer Vereinigung hatte, dass ich nur etwas verwirrt von deren Intensität war, da ich dies ja von ihm noch nicht gekannt hatte.

Aber er konnte sich sicher sein, dass alles in Ordnung war. Wir duschten uns kurz ab und sprangen dann in unseren Privatpool, wo mein Schatz schon wieder eine Mördererektion bekam und wir das natürlich auch sofort ausnutzen mussten. Ich glaube er musste nun seine ganze verloren Zeit nachholen. Auf jeden Fall ließ er keine Zweifel an seiner Potenz aufkommen. Er zeigte mir immer wieder, wie sehr ich ihn anturnte. Insgeheim war ich froh, dass ich Daras erste Frau war, denn keine, wirklich keine Frau der Welt würde so eine Granate im Bett jemals wieder hergeben.

Gepaart mit seiner Sensibilität, seinem Charme und seiner Klugheit schon doppelt und dreifach nicht. Ich konnte mich also sowas von glücklich schätzen, und tat es auch. Später zogen wir uns an, und machten uns barfuß auf den Weg um ein wenig am Strand spazieren zu gehen. Die Füße im Sand, umspielt von den Wellen, die uns immer wieder neckisch einfingen, die Sonne auf der Haut und den geliebten Menschen an der Hand, ich konnte nicht glücklicher sein, und ich konnte mich auch nicht erinnern, jemals glücklicher gewesen zu sein.

Auch Dara strahlte über das ganze Gesicht und auch von ihm schien jede Last, jeder Zweifel und jegliche Anspannung abgefallen zu sein. Er genoss es endlich einmal nur Privatperson zu sein, ohne dass sich die Leute ehrfurchtsvoll vor ihm verbeugten. Hier war er einfach nur Mensch, der auch mal in der Menschenmenge angerempelt wurde und von einem Autofahrer wütend angehupt wurde.

Unser erstes Abendessen auf der Ferieninsel nahmen wir im Hotel ein, wo ein herrlich gedeckter, und liebevoll dekorierter Tisch auf uns wartete. Die größte Freude aber bereitete uns unser gemeinsames Tischkärtchen: „Mr. and Mrs. Dara"! Das musste sofort fotografiert werden! Überhaupt baten wir ständig die Menschen um uns herum, doch Fotos von uns gemeinsam zu schießen, und alle kamen diesem Wunsch gerne nach. Was waren wir doch in deren Augen für ein wunderschönes und perfektes Ehepaar.

Wir wollten in der ersten Nacht bald zu Bett gehen, denn für den nächsten Tag hatten wir eine ausgiebige Erkundungstour über die ganze Insel gebucht. Mit ein paar anderen

Touristen wollten wir auf Entdeckungstour gehen. Tempel besuchen, die Seezigeuner sehen, auf Elefanten reiten, ganz einfach Dinge tun, die man als Tourist im Urlaub halt so machte.

Natürlich konnten wir im Bett noch nicht sofort einschlafen. Dazu war uns die Zeit zu kostbar, der Schlaf hätte uns nur gemeinsame Minuten gestohlen. Aber diesmal liebten wir uns sanft und still, ich zeigte meinem Dara, wie man den Körper des anderen mit Händen und Mund erkunden konnte, und ich ließ ihn unter meinen Berührungen erschaudern, zittern und ließ ihn sich mir ganz und gar hingeben, mit Haut und Haar war er nun mein.

Der Ausflug am nächsten Tag verlief ganz entspannt, auf die Frage, wie lange wir denn nun schon ein Paar wären, antworteten wir, dass unser ältester Sohn sechzehn sei, und der Jüngste fünf, was ja nicht einmal gelogen war, denn unsere Jungs waren ja so etwas wie unsere Kinder. Laut imaginärem Lebenslauf hatten wir uns in der Schule kennengelernt, was ja auch irgendwie der Wahrheit entsprach, auch wenn wir in den Köpfen der anderen Leute ganz andere Geschichten und Zusammenhänge erweckten.

Jeder war begeistert von uns und unserer enorm großen Zuneigung und nicht nur einmal fing ich neidische Blicke der Damenwelt auf, die meinen Geliebten fast mit den Augen verschlingen wollten. Doch Dara hatte nur Augen und Ohren für mich, keine Sekunde ließ er von mir ab. Wir klammerten uns aneinander, wie Ertrinkende an einen rettenden Strohhalm. Mit Dara über den Tempel zu laufen war ein ziemlich eigenartiges Gefühl, überhaupt, als uns Mönche entgegenkamen und Dara sie auf Pali, der Mönchssprache anredete. Aber auch dort ließ er keine Sekunde meine Hand los. Im Gegenteil, er drückte mich noch viel fester an sich, gerade so als wollte er beweisen, wofür er sich entschieden hatte, oder auch, weil er mich als Schutzschild brauchte. Es war ja auch nicht so, dass Dara nicht mehr betete, nein, gemeinsam entzündeten wir Räucherstäbchen, kauften Blumengebinde, die wir zu den Füßen der Buddhafigur legten und uns unseren Gedanken, Gebeten und Meditationen hingaben.

Abends aßen wir an den kleinen Straßenküchen, marschierten über die bunten Märkte und als wir plötzlich vor einem Tattoo Studio standen, wussten wir auch ganz ohne Absprache, was wir hier wollten, wie von Geisterhand wurden wir hierher gezogen. Wir hatten Glück und kamen sofort an die Reihe und seitdem zierte mein e Brust der Name Dara in verschnörkelter Schrift, und auf Daras Brust prangte nun der Name Lilly.

Es war wie ein gegenseitiges Versprechen, eine Endgültigkeit unserer Entscheidung und der Siegel für unsere Liebe. Später gingen wir noch in eine Bar in der moderne Musikklänge lockten und ich gab mich ausgelassenen Tänzen hin, was dann auch beinahe zu unserem ersten Streit führte. Dara, der noch nie getanzt hatte, wollte auch hier nicht damit beginnen, so stand er nur am Rande, sah mir zu und war etwas enttäuscht, dass ich das wilde Tanzen seiner Nähe und seiner Umarmung vorzog.

Später am Heimweg erklärte ich dem etwas einsilbig gewordenen Dara: „Mein Schatz, ich werde immer die Deine sein, ich schwöre dir, mein ganzes restliches Leben schenke ich dir, aber du musst mich auch noch ein wenig mich sein lassen. Ich liebe es zu tanzen, aber nicht in der gleichen Art und Weise, wie ich dich liebe....ich bewege mich gerne, ich mag die Musik und das Hämmern der Bässe in meiner Brust, ich bin nur für dich da, aber ich will nicht eingesperrt werden, ich bleibe bei dir, du musst mich nicht halten. Ich stülpe dir auch keine Tüte über den Kopf, nur damit dich keine anderen Frauen ansehen können und kette dich nicht am Bett fest, damit du mir nur ja nicht davon läufst. Das oberste Gebot ist Vertrauen!"

Dara sah mich verschmitzt an und überlegte fieberhaft: „Aber das mit dem ans Bett anketten, das wäre doch nicht die schlechteste Idee!", sagte er dann grinsend, und presste meine Hand an seine Lenden und ich konnte spüren, wie bereit er schon wieder war. So liefen wir rasch ins Hotel zurück, rissen uns schon beim Betreten des Zimmers die Kleider vom Leib und liebten uns gleich auf dem Fußboden. Bis ins Bett hatten wir es nicht mehr geschafft.

Anschließend erzählten wir uns Geschichten aus unserer frühesten Kindheit, und ich erfuhr, in welch wirklich armen Verhältnissen mein Liebster hineingeboren war. Ich wusste ja bereits, dass er wegen der Armut seiner Familie im Tempel aufgewachsen war, aber dass sich in seiner Kindheit die gesamte Familie in der Woche von nur einem Kilo Reis ernähren musste, das ließ mich dann seine Loyalität dem Tempel gegenüber noch besser verstehen.

Hätte der Tempel und die Mönche sich nicht um den kleinen Dara gekümmert, ich hätte nie die Chance bekommen ihn kennenzulernen. Den nächsten Tag verbrachten wir am Meer, unsere Tatoos verklebten wir mit wasserfesten Verbänden, damit wir auch das Wasser noch genießen konnten. Wir planschten wild herum, spielten mit kleinen Kindern im Sand, fütterten uns gegenseitig mit frischen Früchten, die die Strandverkäufer zum Kauf anboten und wir blieben Hand in Hand in unseren Liegestühlen, bis die Sonne hinter dem Horizont verschwand.

Die letzte Nacht des Kurzurlaubs verbrachten wir komplett in unserem Zimmer, wir ließen uns das Abendessen bringen, lagen im Whirlpool, sprangen in unser kleines Schwimmbecken und liebten uns mit all unseren Sinnen. „Gleich nach unserer Rückkehr werde ich mit Vater Ananda sprechen, ich muss reinen Tisch machen, und ich kann mir nicht mehr vorstellen auch noch eine weitere Nacht ohne dich verbringen zu müssen.

So hart und schwer und demütigend es auch für mich werden wir, ich muss diesen Schritt machen, um unsere Zukunft nicht zu gefährden!". Ich küsste meinen Dara für diese Worte mit solch einer Intensität, dass es keiner weiteren Worte bedurfte. „Du kannst selbstverständlich sofort bei mir einziehen, Lucy hat nichts dagegen, darüber habe ich schon mit ihr gesprochen, und alles Weitere wird sich zeigen.

Ob wir bleiben oder umziehen, ob wir bald ein größeres Haus brauchen oder nicht, das weiß im Moment der Himmel alleine, und wir werden es nehmen wie es kommt!" Dara stand auf und holte ein wohlriechendes Kräuteröl aus dem Badezimmer, wir hatten es heute auf dem Markt gekauft, und er begann, meinen Körper sanft damit einzureiben. Sanft massierte er meinen gesamten Körper und sparte auch meine intimsten Stellen nicht aus.

„Ich hoffe, das hast du nicht im Massagekurs im Wat Po gelernt", er grinste nur und fuhr fort mich zu behandeln, ohne auch nur auf meine Meldung einzugehen. Intensiv kümmerte er sich um jeden einzelnen Millimeter an meinem Körper, er löste meine Verspannungen und tat mir einfach gut. „Alleine schon deshalb musst du einfach bei mir einziehen, ich kann nicht mehr auf meine täglichen Massagen verzichten, und jeden Tag in einen Salon zu gehen, das kann ich mir bei meinem schmalen Gehalt sowieso nicht leisten!" damit hatte ich unbewusst einen wunden Punkt getroffen, denn keiner von uns beiden hatte bis jetzt eine Idee und Lösung dafür gefunden, wovon wir in Zukunft leben wollten.

Wie wir es auch drehen und wenden wollten, wir kamen zu keinem Entschluss, es war uns klar, dass ich in Zukunft als Lehrerin im Tempel wohl nicht mehr erwünscht sein werde, und so wird uns wohl nichts anderes übrig bleiben als sämtliche Schulen abzuklappern und um einen Job zu betteln, und das ohne Empfehlungsschreiben, denn auch das war uns bewusst, würden wir vom Tempel nicht mehr bekommen.

Aber noch war es zu früh, sich diesen Gedanken hinzugeben, denn im Moment konnten wir rein gar nichts zur Verbesserung dieser Situation beitragen. Also vögelten wir uns noch einmal gegenseitig das Gehirn aus dem Kopf und schliefen so fest ein, ohne uns unnötig weitere Sorgen machen zu müssen. Unser letzter Urlaubstag war angebrochen, besser gesagt, wir mussten schon ein paar Stunden später wieder zurück fliegen. Ein Gedanke, der uns beiden das Herz schwer werden ließ.

Also genossen wir unser letztes gemeinsames Frühstück auf der Hotelterrasse mit Blick aufs Meer, packten dann unsere Koffer und machten uns auf den Weg. Bevor wir zum Flughafen mussten, wollten wir uns noch die Altstadt ansehen, viele Erinnerungsfotos schießen und das eine oder andere Souvenir kaufen. Wir hatten uns in kleinen Plastikflaschen Sand, Muscheln und Meereswasser abgefüllt, am liebsten würden wir auch die gemeinsame Zeit hier, die so wunderbar gewesen war in Flaschen abfüllen, um jederzeit daran schnuppern zu können.

Der Urlaub war vorbei, der Heimflug verlief unspektakulär, wehmütig blickten wir noch einmal auf die Insel zurück, auf der wir so viel Liebe empfangen und gegeben hatten. Ich kuschelte mich an Daras Seite und bei der Landung hatte ich das Gefühl, als würde mir der Stein, der auf meinem Herzen lag mich erdrücken. Ich war knapp daran zu heulen, obwohl ich doch dankbar sein sollte für die letzten Tage, die uns geschenkt worden waren.

Wieder zurück in Bangkok

Zu Hause angekommen erwartete uns schon Lucy mit sorgenvollem Gesicht. „Ihr solltet wohl beide so schnell als möglich in den Tempel gehen, und keine Sorge, euch ist niemand auf die Schliche gekommen, nein, es gibt ein großes Problem mit einem eurer Schützlinge und es sieht aus, als würde es sich in eine mittlere Katastrophe ausarten!"

Also ließen wir die Taschen fallen. Dara schlüpfte aus seinen Privatklamotten und wickelte sich wieder seine orange Kutte mit geschickten Händen um den Leib und wir hasteten los. Uns war egal, ob es irgendjemandem komisch vorkommen sollte, dass wir beide gleichzeitig früher als geplant aus unserem Urlaub zurück waren. Es ging um einen unserer Schützlinge und dessen Wohl stellten wir beide, ohne auch nur kurz zu überlegen, über unseres.

Damrong sah uns schon von weitem kommen und zog uns mit sich in sein Büro. Er wollte uns zuerst eine Zusammenfassung der Geschehnisse geben. „ Ich hoffe, ihr konntet in euren paar Urlaubstagen genügend Energie tanken, denn ich befürchte diese werdet ihr nun brauchen. Es ist etwas vorgefallen, das die gesamte Finanzierung für das Jungen- Hilfsprojekt gefährdet. Es geht um Sak!". „Wo ist er, und wie geht es ihm, was ist passiert...!", Fragen über Fragen sprudelten nur so aus uns heraus, und Damrong konnte nur mit den Schultern zucken: „Wir haben keine Ahnung, vor drei Tagen kam er wie hypnotisiert von seinem Ausflug in die Stadt zurück und wirkte betrunken oder berauscht.

Es war kein vernünftiges Wort aus ihm herauszubekommen, und so verfrachteten wir ihn auf die Krankenstation. Als Bruder Som dann später nach ihm sehen wollte, erwischte er ihn gerade dabei, wie er mit einer Spritze hantierte um sich irgendwelche Drogen zu spritzen. Als Sak merkte, dass er wohl entdeckt und aufgeflogen war, lief er davon, ohne auch nur irgendetwas aus seinem Schlafbereich mit zu nehmen, keiner weiß, wohin es den Jungen verschlagen hat, wie es ihm geht und wovon er sich über Wasser hält.

Als wir dann seinen Schlafplatz untersucht hatten, fanden wir noch ein Päckchen mit Heroin, das wir natürlich sofort vernichteten...das Teufelszeug! Befragungen der Gruppe führten natürlich zu nichts, wenn es hart auf hart kommt, halten die

Jungs zusammen wie Pech und Schwefel, auch wenn es in diesem Fall gefährlich für Saks Leben und ein wirklicher Unsinn ist, und außerdem sprechen die Jungs sowieso mit niemandem anderen über ihre Probleme als mit dir Lilly, oder mit dir Dara.

Und außerdem sprachen die Buben wirres Zeug, von wegen ihr hättet sie alle verlassen und würdet euch nicht mehr um sie kümmern!" Das traf uns wie ein Schlag aus heiterem Himmel und wir mussten uns erst einmal setzen. Automatisch griff Dara nach meiner Hand und drückte sie fest an sich, wodurch er von Damrong auf der Stelle einen missbilligenden Blick zugeworfen bekam. Aber mein Schatz ignorierte diesen gekonnt, er brauchte einfach meine Kraft und wollte auch mir mit seinem Händedruck Kraft spenden.

Wir überlegten kurz und kamen zu dem Entschluss, die Kinder alle zusammen sofort im Klassenzimmer zu versammeln. Alle Mönche halfen mit, die acht verbliebenen Buben so rasch als möglich in den Unterrichtsraum zu verfrachten, man gestand uns dann aber zu, mit unseren Schützlingen alleine und ohne Störung zu sprechen.

Wir setzten uns auf unsere Sitzpolster im Kreis auf, denn so konnte jeder jedem ins Gesicht sehen und wir konnten auch anhand ihrer Mimiken und Gestiken sofort feststellen, wer die Wahrheit sprach und wer uns anlog.

Tai, mein kleiner rückte ganz eng an mich, und schob seine kleine Hand in meine. Mit großen Augen sah er mich an und ich merkte, wie groß seine Angst wohl sein musste, also ließ ich ihn gewähren. Ging mir doch selbst das Herz über, als ich meinen kleinen Schatz wieder sah und seine zärtliche Anhänglichkeit spürte.

Pom, der Vernünftigste, und jetzt auch der älteste in der Burschenrunde ergriff als erster das Wort. „Als Sak von eurem Verschwinden erfuhr, erfuhr, dass ihr uns im Stich lassen wollt, und unsere Gruppe auflösen wollt, da sah er sich keinen anderen Ausweg, als sich in der Stadt von seinen alten Kontakten Drogen zu holen, um nichts mehr spüren zu müssen. Er wollte seinen Schmerz betäuben und einfach nichts mehr denken. Und sofort war er wieder zurück in seiner Sucht.

Wo er jetzt ist, kann ich nur vermuten, denn er hatte mir in der Vergangenheit einmal von Orten und Plätzen erzählt, an denen er sich früher herumgetrieben hatte." „Aber wie kommt ihr denn auf die Idee, dass wir euch verlassen hätten, es sind Schulferien und Miss Lilly hat nun auch ihren wohlverdienten Urlaub, den sie übrigens nur wegen der Sorge um euch sofort abgebrochen hat, denn es gibt für sie nichts Wichtigeres als euch! Und ich hatte auch das erste Mal um ein paar freie Tage gebeten, um in meine alte Heimat zu fahren und dort nach dem Rechten zu sehen, aber auch ich bin sofort hierher geeilt, als ich von euren Problemen hörte. Also, warum reimt ihr euch so einen verdammten Schmarrn zusammen!"

Wütend blickte Dara in die Runde und die Jungs waren ganz geschockt darüber, wie sehr Dara mit ihnen geschrien hatte, er hatte sie richtig gehen angebrüllt, und zum ersten Mal hatten sie den sonst so gütigen Mönch fluchen gehört. Tai zuckte zusammen, kroch näher zu mir und fing zu schluchzen und zu weinen an. Sein kleiner Körper wurde geschüttelt und gebeutelt und ich umarmte ihn, um ihm ein wenig Schutz und Trost zu spenden.

„Weiß sonst noch irgendjemand etwas über den Verbleib eures Kollegen? Ein kleiner Hinweis nur, ein Ort, von dem er öfters gesprochen hat, Namen, die er genannt hat, Freunde oder Bekannte, die er außerhalb der

Tempelmauern hatte? Bitte gebt euch einen Ruck und sagt uns Bescheid, ihr könntet damit sein Leben retten." ,ich bettelte meine Jungs richtiggehend an und sah ihnen traurig aber fest in die Augen, die meisten der Jungs senkten beschämt ihren Blick und ich konnte nicht genau sagen, ob und wer noch mehr wusste.

„Alle, die mir nichts zu sagen haben, gehen aufs Zimmer, ihr werdet heute nicht mehr draußen spielen, sondern euch nur mehr im Schlafraum beschäftigen. Das soll keine Strafe sondern eine Schutzmaßnahme für euch sein, denn anscheinend können wir euch ja nicht mehr vertrauen. Pom du bleibst noch hier bei uns, denn wir möchten noch einmal unter vier Augen mit dir sprechen und uns Notizen zu deinen Informationen machen.

Allen anderen wünsche ich nun einen schönen Abend, wir sehen uns wieder morgen zum Frühstück, ich erwarte Gehorsam, denn Unsinn habt ihr ja anscheinend in unserer Abwesenheit genug getrieben." Die Jungs trabten mit gesenkten Köpfen ab, Tai sah mich hoffnungsvoll an, aber Dara jagte auch ihn weg. Nur zögerlich ließ der Zwerg von mir ab, und Dara schubste den kleinen Mann schon fast ein wenig grob aus dem Raum. Wir schlossen die

Türe ab, machten die Fenster zu um sicher gehen zu können, von niemandem belauscht zu werden. Somit hatte Pom die Sicherheit auch wirklich ehrlich mit uns sprechen zu können.

„Seit Weihnachten kursiert hier das Gerücht, dass ihr zwei eure Arbeit im Tempel niederlegen wollt. Genaue Gründe hat sich niemand getraut, zu verraten, aber spekuliert wird in alle möglichen Richtungen, und vor ein paar Tagen, als Sak wieder sehr aufsässig war, kam Vater Somchai auf ihn zu und herrschte ihn an. Die genaue Unterhaltung zwischen den Zweien hat niemand direkt mitgekriegt, nur, dass Sak von diesem Moment an ziemlich verstört war, und das Elend somit seinen Lauf nahm. Ich kann nur vermuten, dass sich Sak im alten Bahnhofsviertel aufhält, denn dort hatte er früher seine Kontakte und er erzählte früher auch öfter, dass er dort seine Drogen gekauft hatte und sich das Geld dafür auf dem benachbarten Markt durch kleine Handlangerarbeiten oder kleiner Diebstähle besorgt hatte.

Es tut mir so leid, und ich will auch nie wieder an blöde Gerüchte glauben, oder sie auch nur annähernd weitererzählen. Könnt ihr mir denn noch einmal verzeihen?" Wir versicherten Pom, ihm nicht böse zu sein und versprachen ihm ganz fest, diese Sache wieder in Ordnung zu bringen, wir redeten ihm Mut zu, obwohl wir uns unserer Sache selber gar nicht so sicher waren.

Wir entließen Pom nun ebenfalls und mahnten auch ihn, ja brav in seinem Schlafraum zu bleiben und diesen nicht vor dem morgigen Frühstück zu verlassen. Der Junge versprach dies hoch und heilig und lief dann eiligst davon. Dara und ich sahen uns lange an und wir kamen überein, zuerst mit Bruder Somchai zu sprechen und ihm gehörig auf den Zahn zu fühlen, denn irgendetwas in seiner Unterhaltung mit Sak musste dieses Schreckliche ausgelöst haben.

Mit einem unguten Gefühl im Bauch machten wir uns auf zum Büro des Finanzchefs, Bruder Somchai. Wir klopften an, und als er uns hineinbat, traten wir ein, zögerlich, denn wir beide wussten, dass dies eine sehr unangenehme Unterredung werden könnte. Auch Somchai zuckte, fast unmerklich zusammen, als er uns zusammen eintreten sah, setzte aber dann sofort ein freundliches, ein gespielt freundliches Lächeln auf.

Mittlerweile konnte ich die Unterschiede der verschiedenen Arten zu Lächeln erkennen. Ich bemerkte, wenn mich jemand anlächelte, obwohl er null von dem verstanden hatte, was ich ihn fragte oder ihm sagte, diese Lächeln sollte seine oder ihre Unsicherheit überspielen und dazu dienen, das Gesicht wahren zu können. Dann war da das offene und ehrliche Lächeln, voller Wärme, das einem immer wieder auf den Straßen begegnete, und das mich auch sofort magisch bei meinem Schatz angezogen hatte.

Dann war da das Lächeln der Marktverkäufer, wenn man eine Ware wohl etwas zu billig erstehen wollte, und zu hart gehandelt hatte, diese Lächeln bedeutete entweder: „Nimm es, du knausriger Mensch, auch wenn ich damit keinen Gewinn mehr machen kann!" oder „Tut mir leid, aber verschenken kann ich meine Ware nicht, du knausriger Mensch!" Und dann war da diese Lächeln, das einzig und alleine dazu da war, sein Gegenüber zu täuschen und somit ebenfalls nicht das Gesicht zu verlieren. Derjenige, der dieses Lächeln benutzte, würde einem am Liebsten das Gesicht zerkratzen oder schreien, aber solch heftigen Gefühlsausbrüche, vor allem in der Öffentlichkeit sind in Thailand mehr als verpönt. Daher gab es dieses falsche Lächeln, das ebenso zum Alltag gehörte, wie das aufrichtige und warme Lachen, das dieses Land so weltberühmt gemacht hatte.

„Was führt euch zu mir, meine liebe Kollegen, Miss Lilly, Bruder Dara, wie kann ich euch weiterhelfen?" Auch Dara lächelte sein Gegenüber mit einem nicht weniger breiten und falschen Grinser an und zischte hart durch seine Zähne: „Bruder Somchai, du weißt genau, warum wir uns zu dir herbemüht haben, und das Einzige, was wir wissen wollen und wissen müssen ist, was du mit dem Verschwinden und dem Drogenrückfall unseres Schützlings, dem armen Sak zu schaffen hast. Ich bitte dich um Aufrichtigkeit, um die schonungslose Wahrheit, vielleicht kann man diese verworrene Situation dadurch noch aufklären!"

Bruder Somchai ließ ein hohes „Phhhh!" vernehmen, „Ihr sprecht von Wahrheit und Aufrichtigkeit? Ihr seid doch erst die Auslöser für diese glanzlose Geschichte, oder hattet ihr geglaubt, allen Ernstes geglaubt, ihr könntet uns alle an der Nase herumführen, heimlich euer amouröses Abenteuer ausleben, uns alle belügen und nebenbei auch noch die fette Unterstützung für euer Projekt der Eitelkeit einstreifen zu können? Uns hier diese Jungs anzuschleppen, und wenn es dann zu Schwierigkeiten kommt, einfach verschwinden? Die Jungs in dem Glauben zu lassen, du seist der gute Hirte, der gläubige und rechtschaffene Mönch, der ganz nach den Richtlinien des Glaubens lebt, und du, die perfekte, immer alles verstehende Lehrerin, die sich für einen Hungerlohn ganz uneigennützig für stinkende, schlampige Jungs aufopfert? Vater Ananda konntet ihr wohl durch euer Schauspiel täuschen, aber auch ihm werde ich die Augen noch öffnen können, Damrong habt ihr ja komplett eigewickelt, der hat mich nur für geisteskrank erklärt, als ich ihm meine Vermutung mitteilte, die anderen Mitbrüder halten sich generell aus solchen Sachen, wollen sich nicht äußern, um ja nichts falsch zu machen, kein Klatsch und kein Tratsch und keine Gefahr des Gesichtsverlusts. Aber die Jungs waren froh, als ich sie aufgeklärt habe, aufgeklärt über euer wildes Treiben. Die waren geschockt, verzweifelt und außer sich....und nun seht ihr, wohin ihr diese Kreaturen gebracht habt, mit eurem rücksichtslosen Verhalten!"

Ich merkte, wie es in Dara brodelte und ich wusste, dass er diesem gemeinen und hinterlistigen Somchai, der für seine Behauptungen nicht einmal Beweise hatte, am liebsten ins Gesicht schlagen würde. Man merkte sofort, wie gewaltbereit mein sonst so friedlicher und so harmoniesüchtiger Dara wurde. Und trotzdem hielt er sich unter

Kontrolle und lächelte, lächelte und lächelte. „ Es geht hier jetzt weder um mich noch um Miss Lilly, es geht hier einzig und alleine um das Warum. Wenn du findest, ich würde falsch handeln, warum zeigst du mich nicht beim Obervater an, wenn du denkst, ich bin es nicht Wert, ein Mönch zu sein, warum erwirkst du dann nicht einen Ausschluss aus der Gemeinde für mich? Warum musst du mich ausgerechnet über diesen niederträchtigen Weg angreifen, indem du meine Jungs, meine Schutzbefohlenen missbrauchst?"

Erneut schnaubte Somchai verächtlich und blickte Dara mit einem noch viel verächtlicheren Blick an, gerade so als würde er ein sehr ekliges Insekt ansehen, dass er am liebsten zerdrücken wollte. „ Dara, Dara, Dara, bist du so dumm und so weltfremd, oder stellst du dich nur so an? Natürlich geht es hierbei nur um eines, um das Geld, das Geld, das wir, das Kloster für die Jungs bekommen, und von dem wir einen so großen Teil auch wieder weiter bezahlen müssen, an eine Lehrerin, oder eine, die vorgibt eine zu sein, und in Wirklichkeit doch nur die billige Mätresse eines gefallenen Mönchs ist. Das Kloster könnte dieses Geld genauso gut selbst gebrauchen, schließlich und endlich wohnen diese Bälger hier und bringen nichts als Unruhe in unseren Alltag, und daher dachte ich, dass wenn wir euch beide los werden könnten, sich der Tempel den gesamten Betrag einbehalten könnte. Einer unserer Mitbrüder würde dann zwar die Kröte fressen müssen und die Buben auch tatsächlich unterrichten und beaufsichtigen, aber das würden wir schon hinbekommen, dachte ich.

Nur leider, wie du wahrscheinlich wissen wirst ist der Fond für die Jungs an dich Dara, an dich alleine gebunden, mit der Auflage eine weibliche Bezugsperson einzustellen. Das habt ihr ja geschickt eingefädelt. So könnt ihr hinter stillen Tempelmauern euer unsittliches Treiben und Leben führen, seid in der Öffentlichkeit nichts, als die Guten und sackt nebenbei auch noch den Großteil des ganzen Geldes ein. Ich habe da nämlich ein wenig recherchiert und herausgefunden, wer denn der edle Spender ist, der monatlich die Gelder locker macht. Ist es nicht dein leiblicher Bruder, dein eigen Fleisch und Blut, der dir dieses Leben hier ermöglicht? Nach außen hin der zölibate, fromme Mensch und heimlich mit deiner Hure das Geld verprassen? Bist du so schon von Tempel zu Tempel gezogen? Immer neue und andere Weiber, weil die Jungs ja so dringend eine weibliche Bezugsperson brauchen? Dass ich nicht lache, der einzige, der hier wohl eine weibliche Bezugsperson braucht, bist du. Weiß deine neue Flamme, auf wen oder was sie sich da eingelassen hat? Du Flittchen, wie fühlt es sich an, einen Mönch zu verführen? Aber tröste dich, du warst garantiert nicht die erste und wirst auch nicht die letzte sein, genieße es, solange du kannst. Schade nur, dass ich euch auf die Schliche gekommen bin und euch und euer Treiben nun auffliegen lassen werde."

Mir wurde speiübel und ich musste in den Waschraum laufen und mich übergeben, denn das was ich da soeben gehört hatte, das überstieg meine Vorstellkraft. Sollte mein liebster Dara wirklich ein so großes Geheimnis vor mir gehabt haben? Warum hatte er mir nie von seinem Bruder, dem offiziellen Geldgeber erzählt? Hatte er vor mir vielleicht doch auch schon einige Verhältnisse mit Frauen, die er als Lehrerin für seine Jungs ausgab? Mir brummte der Schädel und ich musste mich erneut übergeben. Diese neuen Informationen waren einfach zu viel für mich, und ich wollte weg, nur nach Hause, mich verkriechen in mein Bett und nicht mehr denken müssen.

Mir wurde heiß und kalt bei dem Gedanken, mich in Dara so getäuscht zu haben und mich von ihm so täuschen zu lassen. Ich brach in Tränen aus, heiße, fast schon hysterische Tränen liefen mir über mein Gesicht und ich lief ungesehen durch den Hinterausgang weg. Heim! Ich verkroch mich sofort in meinem Zimmer und heulte mich in einen fiebrigen Schlaf, so fand mich Lucy dann Stunden später.

Dengue Fieber

„Lilly, was ist denn mit dir passiert? Haben sie dich aus dem Tempel geworfen? Bist du vom Unterricht gekündigt worden? Was ist mit Dara? Sag, was ist geschehen? Du glühst ja, hast du etwa Fieber?" Sofort holte Lucy den Fiebermesser und steckte ihn mir in den Mund. Erschreckenderweise hatte ich weit über 42 Grad Fieber und so rief sie sofort einen Arzt. Gott sei Dank wohnte in der Nachbarschaft ein Doktor, der auch zu Hause war, und gewillt, nach mir zu sehen.

Seine Miene war ernst, als er seine erste Diagnose abgab: „ Dengue- Fieber! Aber genaueres kann ich erst nach einem Bluttest sagen, ich werde ihr gleich Blut abnehmen und in die Klinik ins Labor bringen. In ein paar Stunden haben wir dann Gewissheit." Lucy fiel aus allen Wolken, denn das einzige was sie, genau wie ich über Denguefieber wusste war, dass man daran sterben konnte. Aber so enttäuscht und fertig ich im Moment war, konnte mir auch der Tod keine Angst einjagen. Ja ich wünschte mir sogar, dass mich der Tod erlösen sollte. Erlösen von den Gefühlen, die sich innerhalb nur weniger

Minuten vom Schönsten in das Mieseste auf Erden verwandelt hatten. Ich fiel in einen fiebrigen, unruhigen Schlaf und wachte immer wieder nur auf, wenn ich merkte, dass Lucy meine Umschläge wechselte.

Ich konnte nicht sagen, wie viel Zeit vergangen war, ob wir Tag oder Nacht hatten, ich bemerkte nur immer Lucy an meiner Seite, die meine Hand hielt und unaufhörlich mit mir sprach: „Lilly, du musst kämpfen, du musst stark sein, gerade jetzt. Der Arzt hat dir zwar eine schwere Art von Denguefieber diagnostiziert, dein Blutbild war mehr als schlecht, aber du musst kämpfen, für dich und dein Baby! Lilly, du bist schwanger, du hast endlich deinen Traum erfüllt bekommen, du erwartest ein Baby, noch dazu von deiner großen, einzigen und wahren Liebe. Auch wenn ich im Moment nicht verstehe, was zwischen euch vorgefallen sein mag, aber es kann nichts so schlimm sein, als dass ihr euch nicht wieder vertragen könnt. Ich bin mir sicher, wenn er nur wüsste, wie es um dich steht, er würde nicht von deiner Seite weichen."

Ich hatte ihre Worte nur verschwommen aufgenommen, auch die Nachricht, dass ich schwanger wäre zog nur wie ein Nebel, wie ein Traum an mir vorbei. Ich konnte nicht unterscheiden zwischen Traum und

Wirklichkeit und dämmerte nur vor mich hin. Die meiste Zeit befand ich mich in einem fiebrigen Schlaf, aus dem ich immer wieder hoch schreckte, um dann sofort wieder ab zu tauchen.

Lucy durchsuchte währenddessen meine Handtasche um mein Handy zu finden. Ich war schon drei Tage in diesem fürchterlichen Zustand und Dara hatte sich noch nicht ein einziges Mal blicken lassen, geschweige denn gemeldet, und das kam Lucy spanisch vor, also wollte sie die Sache nun in die Hand nehmen. Endlich fand sie dann mein Telefon, das auf lautlos gestellt war. Unzählige verpasste Anrufe, alle von Dara und zahlreiche Kurzmitteilungen. Kurz überlegte Lucy, aber dann entschied sie sich diese Nachrichten zu lesen, um vielleicht verstehen zu können, was vorgefallen war.

Lilly, es tut mir leid, ich wollte dich nicht belügen, ich wollte keine Geheimnisse vor dir haben, melde dich.

Lilly, es tut mir leid, melde dich, ich liebe dich!

Lilly, bitte melde dich, ich fahre jetzt in die Stadt um Sak zu suchen!

Lilly, wenn du mich nicht mehr liebst, dann gib mir doch wenigstens noch eine Chance mit dir zu reden.

Lilly, ich werte dein Nichtmelden als Aus für unsere Beziehung.

Lilly, ich vermisse dich, ich werde wahnsinnig ohne dich.

Habe Sak gefunden und einiges regeln können.

Lilly, bitte glaube mir, ich hatte noch nie eine andere Frau, es gibt nur dich.

In diesem Ton gingen die Nachrichten weiter. Und Lucy konnte sich immer noch kein direktes Bild von der Situation machen, sie wusste nur eines, sie musste Dara anrufen, und ihm sagen, warum sich Lilly nicht melden konnte.

Also wählte sie seine Nummer und schon nach dem ersten Läuten hob er ab und schrie fast ins Telefon: „ Lilly, Schatz, so schön das du dich meldest, ich hatte die Hoffnung schon beinahe aufgegeben....“ Lucy musste seinen Redefluss unterbrechen: „Es tut mir leid Dara, hier ist nicht Lilly, ich bin es Lucy, ich rufe dich nur von ihrem Handy aus an. Lilly weiß nichts davon, sie kann sich auch nicht dagegen wehren, da sie, seit sie tränenüberströmt vom Tempel heimgekommen ist mit schwerem Denguefieber ans Bett gefesselt ist. Manchmal habe ich keine Ahnung, ob sie diese Krankheit überleben wird. Ich glaube, es ist besser, du kommst vorbei!"

Keine zehn Minuten später wurde die Türe aufgerissen und Dara stürmte ohne anzuklopfen ins Haus und stand auch schon keuchen im Schlafzimmer. Als er mich nun so liegen sah, brach er fast zusammen und kauerte sich auf den Boden an meine Seite. Er nahm meine Hand und führte sie an seine tränennasse Wange.

„Bekommt sie denn keine ordentliche Medizin? Wart ihr denn nicht bei einem Arzt? Der muss ihr doch Antibiotika und Penicillin verschrieben haben!" Lucy musste Dara nun also die Wahrheit sagen: „Lilly kann keine Medikamente nehmen, weil sie schwanger ist, es tut mir so herzlich leid, dass ich dir das auf diesen Weg sagen muss, und eigentlich solltest du das von Lilly selber erfahren, aber im Angesicht der Tatsache..." weiter konnte Lucy nicht mehr sprechen, denn sie wurde von lautem Schluchzen übertönt.

Lucy konnte nicht herausfinden, ob Dara nun aus Freude weinte, oder vor Schmerz oder Wut, Fakt war, er heulte laut und hemmungslos. Dann riss er sich zusammen und griff nach seinem Telefon. Hektisch tippte er eine Nummer ein und trommelte nervös auf die Bettkante, weil der Angerufene anscheinend nicht rasch genug an den Hörer kam. Schließlich schien es hatte er doch jemanden an der Leitung den er bellte in den Hörer: „Stell jetzt keine Frage, lauf in unsere Hausapotheke und bring mir einen Sack getrockneter Papayablätter, pflücke frische Papayablätter und nimm auch eine Flasche Essig mit und mache dich im Laufschritt mit den Sachen auf zu Lillys Haus. Es geht um Leben und Tod, und das meine ich ernst!"

Kurze Zeit später kam Damrong mit dem gewünschten Zeug an, Lucy hatte in der Zwischenzeit schon Wasser aufkochen müssen und hatte auch weiße Baumwolllaken vorbereitet. Sie war auch schon unterwegs, um einen Entsafter zu kaufen. Dara riss sofort die Blätter an sich und brühte sie mit dem heißen Wasser auf. Dara ließ den Tee ziehen, holte aus der Küche einen Plastiklöffel und begann sofort mir Tröpfchen für Tröpfchen von dem bitteren Saft einzuflößen. Die frischen Blätter entsaftete er zu einem dunkelgrünen, intensiven und höllisch bitteren Saft.

Mit großer Geduld saß der Mann, den ich doch so abgöttisch liebte, Stunde um Stunde an meinem Krankenbett, in dem ich vor mich hin fieberte, die Haare platt an meinen Kopf geklebt und ich musste gestunken haben, da ich ja schon tagelang nur vor mich hin fieberte. Dara aber gab nicht auf, zwang mich Löffel um Löffel zu trinken und machte mir immer wieder Essigwickel an die Füße, um endlich mein hohes Fieber unter Kontrolle zu bringen.

Dazwischen rieb er meine Brust mit einer klebrig braunen Kräuterpaste ein, die wohl auch irgendeinem medizinischen Zweck dienen sollte. Während meines Fieberwahnes bekam ich nicht einmal mit, dass Dara an meinem Bett saß und sich so rührend Tag und Nacht um mich kümmerte. Ich hatte zwar immer wieder Träume, in denen ich sein schönes, gütiges Gesicht vor mir sah, konnte aber rein gar nichts zuordnen. Vier Tage lang kümmerte er sich unermüdlich um mich und entlastete Lucy damit ungemein, meine Lucy, die starke Frau, die durch meine schwere Krankheit auch an den Rande der Verzweiflung gebracht wurde.

Und dann wurde ich wach, es war, als wären plötzlich alle meine Fieberträume verschwunden. Ich hielt zwar meine Augen noch geschlossen, aber ich merkte genau, dass das Fieber verschwunden sein musste, oder war ich etwa schon gestorben und im Himmel? Ich spürte Daras wunderbar kühle, sanfte Hand auf meinen Wangen und hörte ihn mit seiner beruhigenden Stimme flüstern: „ Lilly, mein Schatz, mein Engel, wenn du doch nur wach werden möchtest, wenn du wieder gesund wirst, ich verspreche dir, bei allem was ich habe, und das ist nicht viel, ich werde dich nie wieder anlügen, und glaube mir ich habe dich nicht angelogen, ich hatte dir nur ein kleines, winzige Detail verheimlicht, aber nur, weil es mir nicht wichtig erschien. Ich dachte mir gar nichts dabei, denn ich lebte mein Leben lang in den Tempeln und hatte abgeschlossen mit allem Privaten. So kam mir das auch nicht wichtig vor, dir zu erzählen, dass der Geldgeber für mein Projekt mein eigener leiblicher Bruder ist. Aber Lilly, ich bitte dich, werde wieder gesund und lass uns eine Familie werden, kämpfe für mich und kämpfe für unser Kind, dass da so süß und heimlich in deinem Bauch heranwächst. Lilly, du würdest mich zum glücklichsten Menschen auf dieser Welt machen, wenn du doch nur deine Augen öffnen könntest!"

Und nun fand ich es an der Zeit, vorsichtig meine Augen aufzuschlagen. Das Licht blendete mich und ich hatte das Gefühl als würde ich in tausend Blitze sehen, aber ich schaffte es und blickte in Daras braune Augen. Ihm blieb vor Schreck und Aufregung fast das Herz stehen und vor Freude bedeckte er mein verschwitztes, aufgequollenes Gesicht mit hunderten kleinen Küssen. Ich musste augenblicklich meine Augen wieder schließen, zu überwältigt war ich von seinem Gefühlsausbruch und auch wollte ich seine Tränen nicht sehen, die ihm über die Wangen kullerten.

„Was hast du uns allen nur für einen Schreck eingejagt mein Schatz, ich dachte schon, ich hätte dich verloren, verloren in verschiedenen Hinsichten! Das schaffst auch nur du, dass du die schönste Nachricht der Welt, nämlich dass du ein kleines Geheimnis unter deinem Herzen trägst, und die schrecklichste Nachricht, die deiner Krankheit zusammen präsentieren musst. Sag jetzt bitte nichts, streng dich nicht an, und werde gesund, gesund für uns und unsere Zukunft, sofern du überhaupt noch eine Möglichkeit siehst, diese mit mir zu bestreiten!"

Zärtlich strich er mir über die Wangen und nun erkannte ich, dass der Traum von meiner Schwangerschaft wohl gar kein

Traum, sondern Wirklichkeit war. Vor Freude hätte ich laut gejubelt, doch kam kein einziger Laut über meine Lippen, mein Hals war trocken und die Stimme versagte, nur ein glückliches Lächeln machte sich auf meinem Gesicht breit, nur um auch gleich wieder zu verschwinden: „Was war, wenn ich durch die Krankheit dem Baby geschadet hatte? Was war, wenn es dadurch behindert oder abgestorben war?" Ich nahm meine ganze Kraft zusammen und presst ein paar Worte heraus: „Ist es gesund? Geht es ihm gut? Haben ihm die Medikamente auch nicht geschadet? So sag schon, ist alles in Ordnung?"

Dara nahm beruhigend meine Hand, drückte sie an sich während er mir antwortete: „Mach dir keine Sorgen, spar dir deine Energie um wieder vollständig auf die Beine zu kommen, mit dem Baby , unserem kleinen süßen Baby, mit dem du all meine Wünsche erfüllst, das mich zum glücklichsten Mann der Welt macht, und das mein Herz so mit Freude füllt, mit unserem Kind ist alles in Ordnung und es wächst gesund heran.

Dein Arzt hatte zum Glück deine Schwangerschaft sofort erkannt, noch bevor er dir irgendwelche Medikamente verabreichen konnte, so war zwar dein

Genesungsweg ein etwas längerer und schwieriger für dich, aber wie du siehst haben wir auch das, nur mit dem Einsatz alter Naturheilmittel geschafft. Ich ließ mir sämtlich Tees und Kräuter aus der Tempelapotheke bringen, Bruder Anchai aus der medizinischen Abteilung mischte extra einen besonderen Balsam für dich, und wenn du jetzt ganz brav bist, dich nicht überanstrengst, dann wirst du auch bald wieder aufstehen können."

Ich fühlte mich beruhigt und erleichtert und fiel somit wieder in einen angenehmen, erlösenden und heilenden Schlaf. Immer wieder wachte ich kurz auf, wenn ich merkte, dass mir Dara kühlen Tee oder stärkende Suppe einflößte, war aber noch nicht kräftig genug, um vollständig aufzuwachen. Mein guter Mann aber wachte Stunde um Stunde an meinem Bett, er wurde nur ab und zu von Lucy abgewechselt, nur um sich kurz duschen zu gehen. Geschlafen hatte er in diesen Tagen wohl nur im Sitzen, immer mit dem Kopf an meinem Körper, um nur ja keine Regung von mir zu übersehen, und auch um das Fieber ständig unter Kontrolle zu halten. Zwei Tage später war ich aber wieder so weit hergestellt, dass ich mich schon im Bett aufsitzen konnte, und durfte und meine erste Mahlzeit selbständig zu mir nahm.

Dara hatte mir einen Reisbrei mit püriertem Gemüse gebracht und es schien mir, als hätte ich nie im Leben zuvor etwas Delikateres gegessen. Gierig verschlang ich die ganze Portion, obwohl mich bei jedem Schluck noch der Hals kratzte und ziepte, konnte ich nicht aufhören, bis der letzte Bissen verschlungen war. Erst jetzt merkte ich, wie groß mein Hunger war, und an meinen Armen und Beinen merkte ich, dass ich wohl etliche Kilos während meiner Krankheit verloren haben musste.

„So, und jetzt werde ich dich vorsichtig ins Badezimmer tragen und dir beim Duschen helfen. Lucy bezieht in der Zwischenzeit dein Bett frisch und so werden wir auch noch die letzten Spuren deiner Krankheit los. Das Duschen wird dir gut tun, und mir auch, denn so lieb ich dich habe, du stinkst schon ganz gewaltig."

Dara hob mich hoch und trug mich ins Badezimmer, dort setzte er mich auf einen bereitgestellten Plastikstuhl und begann, mich vorsichtig auszuziehen. Dann zog er sich ebenfalls aus, nur mit der Begründung, ja nicht seine ganze Kleidung durchnässen zu wollen und er hob mich erneut hoch und stellte mich unter den Duschstrahl. Das Wasser war herrlich und kühl und prickelnd auf der Haut, und erst der Anblick meines geliebten Daras, wie eine Götterstatue stand er neben mir, stützte mich, und ich konnte meinen Blick nicht von ihm abwenden.

„Na, na ,na, dazu bist du noch zu schwach, meine Liebe. Glaubst du ich erkenne deinen hungrigen und lüsternen Blick nicht wieder? Aber das schlag dir aus dem Kopf, deine Kräfte brauchst du nun für andere, wichtigere Dinge." Dara öffnete das Duschgel und begann meinen Körper von oben bis unten, unendlich zärtlich einzuseifen. Sanft fuhr er meinen Körper entlang, umkreiste meine prallen Brüste und säuberte auch meine intimsten Stellen. Ich atmete schwer und war hochgradig erregt, und doch noch schwach genug, um es einfach über mich ergehen zu lassen, zu genießen und mich meinen Empfindungen hinzugeben.

Später rubbelte er mich trocken, föhnte meine Haare, die nun auch wieder herrlich dufteten und dann bedeckte er meinen Körper mit einem Gel aus Aloe Vera, Lavendel und Zitronengras. Der Duft war so herrlich frisch und das Mittelchen so angenehm kühlend, dass ich augenblicklich merkte, wie meine Lebensgeister wieder zurück kamen. Schnell zog mir mein Liebster noch ein dünnes seidiges Nachthemdchen über und verfrachtete mich dann aber rasch wieder ins Bett.

Auch das Bett roch wunderbar, Lucy hatte es nicht nur frisch bezogen, sondern auch ganz leicht parfümiert, und ich fühlte mich wie eine Prinzessin, die in tausend Blüten badete. „Ein paar Tage solltest du noch geduldig im Bett bleiben, wie es aussieht bist du zwar schon genesen, aber zur Sicherheit, versprich mir, dass du dich noch schonst, nur um keinen Rückfall zu provozieren, bitte, mach es einfach, für mich und unser Kind. Denke daran, du musst jetzt auch für den kleinen Zwerg mitdenken und vernünftig sein. Natürlich werde ich die ganze Zeit bei dir bleiben, wenn du möchtest und mich lässt, und wenn du willst kann ich dir jetzt auch alle Geschichten erzählen, die du durch deine Krankheit verschlafen hast, und auch die Geschichte, die wohl der Auslöser für unseren ersten Streit war. Und ich bete dafür, dass niemals wieder so ein Streit zwischen uns kommen wird. Zuerst musst du mir aber noch etwas ganz anderes versprechen, meine Liebste, du musst in Zukunft viel besser auf deinen Insektenschutz achten.

Die Krankheit die du hattest, wurde ausgelöst durch einen kleinen, winzigen Stich einer noch winzigeren Mücke. Ich dachte immer du wärst so vernünftig und würdest dich schützen, aber anscheinend muss ich da viel mehr acht auf dich geben. Du hast nun eine Familie, trägst Verantwortung. Das heißt, du kannst nicht mehr so leichtfertig mit deinem Leben umgehen. Und wenn du es nicht für dich, oder für mich machst, dann tu es für unser Kind, das ganz von uns abhängig ist und all unsere Liebe und all unseren Schutz benötigt."

Erschrocken versprach ich meinem Liebsten das alles. Tatsächlich hatte ich in letzter Zeit vergessen, mir regelmäßig das Insektenschutzmittel aufzutragen, nie dachte ich auch nur im Entferntesten daran, dass mich ein Tier stechen und infizieren könnte. Wohl werden wir nun auch an allen Türen und Fenstern Moskitonetze anbringen müssen, denn das hatte ich bis jetzt nur an der Hälfte aller Fenster und Türen im Haus gemacht. Vielleicht dachte ich, halber Schutz ist besser als gar keiner, ich wusste es nicht, vielleicht war es auch ein bisschen meine Faulheit. Die Bequemlichkeit, immer hatte ich so viel um die Ohren, dass ich auf meine eigene Sicherheit gar nicht so bedacht war, hätte mir jetzt fast das Leben gekostet.

Dies alles sagte ich auch Dara, der daraufhin nur lächelte, und mir mit unmissverständlichen Gesten zeigte, wie recht er mir doch gab. Dann drückte er mir einen riesen Kuss auf die Lippen und verriet mir, dass er die Fliegengitter im ganzen Haus bereits montiert hatte. Als dies nun alles besprochen war, holte Dara noch ein Teller mit frischen Früchten, stellte diesen auf das Nachtkästchen, und schlüpfte dann, nur in seiner knackig engen Unterhose zu mir in Bett. Er umarmte mich und wir kuschelten uns zusammen, als wir dann beide eine bequeme Position gefunden hatten, begann er zu erzählen:

„ Als ich merkte, dass du davon gelaufen warst, wollte ich dir sofort hinterher, ich konnte mir beim besten Willen nicht vorstellen, was dich so erzürnt oder verletzt hatte. Daher entschied ich mich dann doch, zuerst die Sache mit Bruder Somchai zu klären und mich auf die Suche nach Sak zu begeben. Somchai hätte ich am liebsten die Zähne aus seinem dumm grinsenden Mund geschlagen, hatte mich aber unter Kontrolle.

Trotzdem verstand ich seine Beweggründe immer noch nicht. Sicher, es ging um Geld, aber er konnte doch nicht behaupten, ich persönlich hätte mich an dem Geld meines Bruders bereichert. Ganz im Gegenteil, ich lebte, wie alle anderen Mönche auch in Armut und Verzicht. Der eine Teil des Geldes ging an den Tempel, um für Kleidung, Unterkunft und Nahrung für die Jungs zu sorgen, wobei die Buben immer genug zu essen bekamen von dem, was wir auf unseren Spendengängen bekamen.

Auch die Hygieneartikel und vieles mehr organisierten wir Großteils bei unseren Rundgängen und man konnte also nicht behaupten, dass die Buben dem Tempel auf der Tasche lagen. Der andere Teil des Geldes wurde für deine Bezahlung als Lehrerin bereitgestellt, wofür er auch gedacht war, und was auch vertraglich festgelegt wurde. Niemand außer den Jungs sollte und konnte aus diesem Geld Nutzen ziehen. Und doch ging es Somchai um diesen Betrag, den er ganz alleine für sich oder für den Tempel beanspruchen wollte. Als er merkte, dass all seine Versuche, mich los zu werden nicht fruchten wollten, und er auch so nicht an die Fondgelder kommen konnte, da wollte er mich einfach nur mehr verletzen, denunzieren, aus Wut über sein Fehlverhalten oder sein Versagen. Sicher, dieser detektivisch talentierte Mann war bald hinter unser Geheimnis gekommen, das Geheimnis unserer Liebe.

Er musste uns wohl Tag und Nacht beobachtet haben, getrieben von Neid und Hass und Eifersucht, und so wollte er diese geheime, verbotene Beziehung dazu verwenden, mich zu vernichten. Es reichte ihm nicht mehr, mich nur von den Jungs zu entfernen, denen er mehr oder weniger erfolgreich einreden konnte, wir wären gemeinsam aus dem Tempel geflohen und hätten nicht eine Sekunde an ihr weiteres Wohlergehen gedacht.

Er machte ihnen weiß, wir hätten sie verkauft, geopfert und im Stich gelassen. Weiter wollte er mich nun auch von dir entzweien. Er wollte mich zwingen, zwischen den Buben und dir zu entscheiden, zwischen meinem Leben als Mönch und meiner Liebe. Und sein Plan wäre auch fast aufgegangen, hätte ich nicht die tatkräftige Unterstützung von Bruder Damrong erhalten. Damrong , der gute Bruder erwirkte bei Vater Ananda einen Aufschub von drei Tagen in denen ich mich ihm und der gesamten Mönchschaft erklären sollte.

So blieb mir Zeit, wenn auch nicht viel, um mich auf die Suche nach Sak zu begeben. Die Jungs wurden ein weiteres Mal in den

Klassenraum gebeten, wo ich sie um Vertrauen und Verständnis bat und ihnen versprach, die ganze Wahrheit und Situation in den nächsten Tagen aufklären zu wollen. Ich notierte mir noch einmal die Plätze, Orte und Personen, wo Sak vermutet wurde, und machte mich auf den Weg in die Innenstadt.

Nicht ohne vorher bei dir anzurufen und dir eine Kurzmitteilung zu schicken, aber beides hast du erfolgreich ignoriert. Ich nahm mir fest vor, die Sache mit dir wieder so schnell als möglich ins Reine zu bringen. Aber zuerst musste ich Sak finden, den Jungen, der durch die Gerüchte über uns wieder so in seinem Selbstvertrauen erschüttert wurde, dass er sich keinen anderen Ausweg mehr sah, und wieder zu Drogen griff.

Drogen die seine Sinne berauschten und ihn dazu brachten, nicht mehr zu denken und zu fühlen. So war es meine erste und oberste Pflicht, mich um ihn zu kümmern. Wie sehr hatte ich auf deine Unterstützung gehofft, aber so oft ich auch anrief, hörte ich nur die Mobilbox. Nach einigen falschen Informationen, Beschimpfungen und stundenlangem Herumgelaufe in der Hitze der Stadt, fand ich Sak schließlich.

Er saß gemütlich auf einer Steinmauer, eine Dose Leo Bier in der Hand und freute sich anscheinend des Lebens. Er reagierte auch mit einem freundlichen „hallo" und winkte mir schon von Weitem zu, als er mich erkannte. Keine Anzeichen, dass er davon laufen wollte. Ich ging also näher, und da konnte ich das Ausmaß der Tragödie erkennen. Saks Augen waren glänzend aber abwesend, seine Pupillen waren wie Stecknadeln und sein Sprachvermögen reichte nur für kurze einfache Sätze, wie die eines Fünf -Jährigen.

Ich setzte mich also zu ihm auf die Mauer und er grinste mich nur dümmlich an. Er hatte keine Idee, wie groß meine Sorgen um ihn wohl gewesen waren, und auch seine eigenen Sorgen und Ängste waren meilenweit entfernt. Verdrängt von der Droge, vermutlich Heroin, die er sich erst kurz vorher gespritzt haben musst. Neben Sak lag seine Tasche, aus der Spritze, Löffel, Gasbrenner und ein Foto herausschaute. Er hatte zu seinem Drogenbesteck auch unser erstes gemeinsames Klassenfoto gesteckt, alleine das konnte mir schon aufzeigen, welch hohen Stellenwert die Schule und der Tempel, du und ich in seinem Leben wohl haben.

Ich packte ihn vorsichtig aber bestimmt an den Schultern und wollte ihn mit mir ziehen, weg von diesem Ort der Gefahr und der Verderbnis, aber da leistete der Junge Widerstand, wenn auch nur zaghaft, aber er sprach: „Lass mich, ich habe keine Zeit mit dir mitzukommen, ich muss in einer Stunde arbeiten, mein Freier wartet im Hotelzimmer auf mich, da kann ich dann wenigstens duschen, etwas zu essen gibt es auch, und von dem Geld ist mein nächster Schuss gesichert, also lass mich, du willst uns doch sowieso nicht mehr....geh und verschwende deine Zeit nicht mit mir, es ist sowieso alles vorbei."

Er fing leise zu schluchzen an, sah mich aber dann an und setzte wieder sein dämliches Grinsen auf. Ich hatte genug gesehen, schnappte den Jungen der wohl keine 45 Kilogramm schwer war und nahm ihn, trotz seiner Proteste mit. Mit dem Taxi erreichten wir zwei Stunden später den Tempel und ich packte den sich noch immer wehrenden Sak sofort auf die Krankenstation und sperrte ihn in dem Zimmer ein.

Ich ging in den Küchentrakt und traf Vorkehrungen für meinen Plan. Ichkochte literweise Tee und presste frischen Saft aus Orangen und Zitronen. So vollbepackt kehrte ich dann wieder ins Krankenzimmer zurück und stellte ich innerlich schon auf eine längere und anstrengende Zeit ein. Nicht, ohne dir, wie die ganze Zeit Mitteilungen zu schicken und zu hoffen, du würdest meine Anrufe doch endlich entgegen nehmen.

Sak saß immer noch auf der Pritsche, so wie ich ihn vorher verlassen hatte und stierte vor sich hin. Sein Blick war hohl und ich konnte erkennen, dass seine Drogen schön langsam die Wirkung verloren. Still setzte ich mich zu ihm, wohl wissend, dass jedes Wort nun vergebens gewesen wäre. Es war ein Warten, ein Warten auf das Einsetzten der Entzugserscheinungen. Und, wir waren beide eingenickt, als ich von massivem Trommeln und lauten Schreien geweckt wurde.

Sak war gepeinigt von körperlichen und psychischen Schmerzen aufgewacht und trommelte nun gegen Tür, Fenster und Wand. Der kalte Schweiß lief ihm den Körper entlang und seine Hände zitterten. Immer wieder musste er sich übergeben, obwohl sein Magen doch schon inhaltslos war. Ich versuchte ihn zu beruhigen, gab ihm zu trinken, was er zitternd annahm, aber auch gleich wieder erbrach.

Er schlug wild um sich, aber mit diesem halben Hemd von einem Jungen wurde ich leicht fertig, denn ihm fehlte einfach die

Kraft. Immer wieder fiel er in einen unruhigen Schlaf, ich wusch ihm den Schweiß von der Stirn, gab ihm immer wieder zu trinken, Tee und Saft und am dritten Tag hatte sich sein Zustand etwas gebessert, zumindest körperlich. Er bettelte mich nach wie vor die ganze Zeit an, ihn doch gehen zu lassen, ihn zu seinen Freunden zu lasse, die ihn wohl schon vermissen würden, und ich merkte, dass er in Wirklichkeit nur an eines dachte, nämlich sich neue Drogen zu besorgen.

In der Zwischenzeit hatte ich in Saraburi angerufen, im Kloster Thamkrabok und bei meinen Brüdern um einen Platz für meinen Schützling gebeten. Diese Entzugsklinik, etwa vier Autostunden von Bangkok entfernt, war mein letzter Ausweg, den ich für den Jungen sah. Ich wusste zwar, wie knallhart meine Brüder in diesem Kloster waren, aber ich wusste auch, dass fast alle, die jemals dort waren für immer von ihrer Drogensucht befreit wurden.

Diese Brüder hatten eine ganz spezielle Therapie entwickelt, die weltweit wohl einzigartig ist. Den Patienten werden Kräutertees und Kräutertabletten eingeflößt und ihre Körper mit Dampfbädern in Kräutersaunen entschlackt und entgiftet. Ich selbst hatte dort zwei Jahre meines

Mönchslebens gearbeitet. Dort hatte ich Kräuter angebaut und Süchtigen geholfen, wieder auf den rechten Weg zu kommen. Daher war es für meine Brüder eine Selbstverständlichkeit, sich nun um meinen Schützling zu kümmern, obwohl, in diesem Kloster wurde so oder so nie einer abgewiesen. Jeder, der sein Leben verändern wollte, sich von einer Sucht zu befreien hatte, wurde dort herzlichst und mit offenen Armen empfangen.

Thamkrabok ist alles andere als ein Sanatorium. Es gibt dort nur große Schlafsääle, Matratzen und karge Waschräume. Das Essen besteht hauptsächlich aus Reis und dem Gemüse aus dem eigenen Garten. Aber dafür konnte man hier seinen ernsthaften Vorsatz, von den Drogen frei zu kommen, mit Hilfe der Brüder, und vollkommen gratis, umsetzen. Ein paar Stunden später kam ein Wagen vorgefahren, ein Minivan, der Sak abholen sollte um ihn gut nach Thamkrabok zu bringen. Und dort ist er jetzt, wird wohl schwitzen und kämpfen, aber ich denke er wird es schaffen."

Dara sah mich an und ich merkte, wie sehr ihn diese Geschichte aufwühlte. Ich schmiegte mich ganz fest an ihn, hielt seine Hand und flüsterte ihm beruhigend zu: „ Er wird es schon schaffen, du wirst sehen, er ist ein starker Junge und bald wird er merken, dass du ihm wahrscheinlich das Leben gerettet hast. Dann wird ihm sicher automatisch klar werden, dass wir ihn und die Jungs nicht einfach im Stich lassen wollten, und er wird sehen, dass wir alle einer bösen und infamen Lüge aufgesessen sind."

Dara wollte weiter erzählen, aber ich verschloss ihm seinen süßen, weichen, so schön geschwungenen Mund mit meinen Lippen. „Schsch, mein Herz, fürs erste reicht es, ich habe genug gehört und kann dir nur versichern, wie unendlich dumm ich mir vorkomme, auch nur eine Sekunde an deine Liebe für mich alleine gezweifelt zu haben. Als ich davon lief, der Schmerz war so groß, ich wollte einfach nicht glauben, dass alles nur eine Lüge war und du die Frauen wechselst wie die Unterhemden. Ich wollte nicht glauben, dass deine schönen Worte nur Lug waren, und doch regten sich Zweifel in mir, und raubten mir schier den Verstand. Ich hoffe, du kannst mir noch einmal verzeihen, dass ich nicht hundertprozentig zu dir und deinen Worten gestanden bin. Aber, und das solltest du bei deinem Urteil bedenken, mein Lieber, wahrscheinlich waren da auch schon ein wenig die Hormone schuld!"

Unschuldig guckte ich Dara an und strich liebevoll über meinen Bauch, in dem es sich unser Nachwuchs bequem gemacht hatte, einfach so und ohne Warnung, eingenistet, ohne geplant zu sein, aber wohl wissend, dass es das größte und schönste Geschenk für seine Eltern sein würde. Dara nahm mich an den Schultern und drehte mich sanft zu ihm: „Wir wollen nie wieder ein Geheimnis voreinander haben, immer ehrlich und voller Liebe miteinander umgehen, aber da sollte ich dir nun auch noch die Geschichte mit meinem Bruder erzählen, und keine Angst, es ist ganz harmlos, nur kennen solltest du sie. Und zum Anderen, ich kann dir schwören, ich hatte nie eine andere Frau und ich werde auch nie eine andere Frau lieben, du bist der Mensch für mich, der für mich und meinen Lebensweg wohl vorgesehen ist, nur bei dir fühle ich mich zu Hause, und solltest du jemals wieder Zweifel an meiner Liebe haben, was ich nicht hoffe, lauf nicht weg, sondern sprich mit mir!"

Gerne wollte ich diese Geschichte aus Daras Leben noch hören, aber für diesen Zeitpunkt war es genug, ich wollte nur daliegen, in seinen Armen, rasten und auf mein Inneres hören. Schon mehr im Halbschlaf als wach fragte ich meinen

Schatz: „Musst du gar nicht zurück?" und als er antwortete: „Ich muss hier nie wieder weg, nie wieder gehe ich weg von dir!", konnte ich beruhigt einschlafen. Ich wurde Stunden später erst wach, als mir der köstliche Duft von Ingwer, Zitronengras und gebratenem Gemüse in die Nase stieg.

Dara lag immer noch an meiner Seite und schlief tief und fest, er hatte auch einiges an Schlaf nachzuholen, und so krabbelte ich vorsichtig aus dem Bett, sehr darauf bedacht, ihn nicht zu wecken. Ich ging die Stufen zur Küche hinunter, in der Lucy werkelte, schnippelte und briet. „Ich hatte keine Idee, worauf ihr Appetit haben könntet, so habe ich von allem etwas gekocht!" grinste sie mich an.

Sie hatte scharfen Papayasalat mit getrockneten Schrimps in einer feurig scharfen Marinade und gerösteten Erdnüssen dazu gemacht, meinen absoluten Lieblingssalat, den die Thais Som- Tam oder Papaya Puk-Puk nannten. Es gab grünes Curry mit Hühnerfleisch, gebratenes Gemüse, Reis mit Omeletten und Klebreis mit frischen süßen Mangos. Lucy hatte ihre gesamten Kochkünste aufgefahren, nur um uns zu überraschen.

Während wir warteten, dass mein Liebster aus seinem Tiefschlaf erwachte, saßen Lucy und ich auf der Couch und unterhielten uns seit langer Zeit wieder einmal in Ruhe. Sie erzählte mir, wie verstört und angsterfüllt Dara vor ein paar Tagen hier angekommen war und gestand mir auch, dass sie es war, die ihn zur Hilfe gerufen hatte. „Als mir der Doktor von deiner Schwangerschaft erzählte, da brauchte ich einfach Unterstützung. Ich getraute mich nicht, die Verantwortung für dich und das Baby alleine zu übernehmen, denn ich wusste ja, wie unendlich wichtig dir dieses Baby sein würde und wollte nichts riskieren. Außerdem konnte ich es nicht sehen, dass ihr euch trennt oder irgendetwas zwischen euch steht. Und glaub mir, Dara würde sterben für dich und das Baby und in den Tagen, in denen wir uns auch immer wieder unterhalten hatten, konnte ich so richtig erkennen, welchen Schatz du da gefunden hast. Du kannst stolz sein, einen Mann wie ihn zu haben und dich richtig, richtig glücklich schätzen."

Wie auf Kommando hörten wir nun das Knarren der Holzstufen und Dara kam verschlafen zu uns herunter. „Ich rieche, es gibt Essen, oder habt ihr alles schon ohne mich vertilgt, ihr gierigen Mädels?" Lachen hob er die Deckel der Kochtöpfe, schnupperte daran, holte dann Teller und Schüsseln und richtete an. Gemütlich schmatzend saßen wir am Tisch und schlugen uns die Bäuche voll. Als wir dann annähernd gesättigt waren, konnte ich nicht anders und musste mit einer Frage herausrücken, die mir schon die ganze Zeit auf der Seele brannte:

„Wie wird es denn nun mit meiner Stelle als Lehrerin im Tempel weitergehen? Die dürfte ich nun wohl endgültig verloren haben, oder? Wie soll es denn jetzt weiter gehen, jetzt wo wir dann bald noch ein hungriges Mäulchen mehr zu stopfen haben? Leicht erschrocken sah mich Dara an, aber fing sich sofort wieder und ich konnte seinen Blick nicht hundertprozentig deuten: „ Da sieht man sich mein Mädchen an, noch nicht einmal vollständig gesund, schwanger, aber das einzige, woran sie denkt ist, wie sie dem Haushalt und dem Mann so schnell als möglich wieder entschwinden kann! Aber mach dir keine Sorgen mein Herz, auch das konnte ich in der Zeit in der du krank warst abklären. Die Gelder für die Jugendgruppe sind ja nach wie vor an mich und eine Lehrkraft meiner Wahl gebunden. Vater Ananda hatte großes Verständnis für unsere Situation. Zwar war er mehr als traurig, als ich ihm verkündigte, aus dem Orden austreten zu wollen. Doch ganz der Toleranz unseres Glaubens, dem Theravada-Buddhismus, akzeptierte er meine Entscheidung. Natürlich erklärte und erzählte ich ihm haargenau die Gründe und auch er stimmte mir zu, dass man nur einmal im Leben die Chance bekommen würde, diesen einen Menschen zu treffen, der für einen bestimmt ist und er ermunterte und ermutigte mich, dafür einzustehen. Die Jugendgruppe wird weiterhin im Tempel bleiben dürfen und ich soll mich weiterhin um sie kümmern. Zusätzlich bot mir Ananda an, Meditationsstunden, Yogaunterricht und Massagekurse im Tempel anzubieten. Er hatte bereits diese Idee mit den anderen Brüdern besprochen, und alle kamen überein dass es für den Tempel und dessen Bewohner sicher nicht von Nachteil wäre, ihn für die Öffentlichkeit zugänglicher zu machen und gegen finanzielle Unterstützung und Spenden diverse Kurse anzubieten.

Gleichzeitig wollte er auch dich als Lehrerin behalten, da sich bei deiner Situation, in unserer Situation jetzt aber wieder etwas geändert hat, werden wir wohl noch einmal ein Gespräch suchen müssen. Aber an und für sich sehe ich keine Probleme, dass wir die Jungs auch in Zukunft gemeinsam, auch mit Baby unterrichten zu können. Sofern du das natürlich willst und dich dazu in der Lage siehst. Aber das können und müssen wir ohnehin erst dann entscheiden, wenn es so weit ist und da haben wir ja noch einige Monate Zeit!"

Dara nahm mich in den Arm und strich mit absoluter Bewunderung über meinen Bauch: „Ihr macht mich stolz und glücklich und ich werde euch der beste Vater und Ehemann sein, den man sich nur vorstellen kann. Und jetzt iss noch was mein Liebling, man sieht ja noch gar nichts!" lachend steckte er mir noch eine herrliche Mango in den Mund und drückte seine Lippen gleich hinterher. „Oh, mein Lieber, ich werde noch früh genug kugelrund und unansehnlich werden, denk daran, ich bin fast vierzig Jahre alt und mein Körper wird sich von den Strapazen einer Schwangerschaft nicht mehr so schnell und gut erholen, wie es ein knackig junger Körper tut. Die Zeiten meiner äußerlichen Schönheit sind vorbei, gewöhn dich schon mal daran!"

Dara aber sah mich mit großen Augen an und bestätigte mir, dass ich immer die schönste Frau für ihn bleiben werde, egal wie unförmig mich diese Schwangerschaft auch machen würde: „Und zur Not gibt es immer noch Sport. Yoga soll da ein sehr gutes Mittel sein, und du hast Glück, ich kenne da einen, der ein ausgezeichneter Yogalehrer sein soll!"

In den darauffolgenden Tagen erholte ich mich zusehends und so „erlaubte" es mir mein Wachhund Dara dann doch endlich wieder mit in den Tempel zu kommen, und meine Tätigkeit als Lehrerin wieder aufzunehmen. In der Zwischenzeit stand der Unterricht zwar nicht still, Bruder Ajahn tat sein Bestes um den Lernhunger der Schüler zu stillen, aber in manchen Gebieten war er einfach überfordert, denn die Jungs hatten in der Zeit in der ich sie unterrichtete schon so enorme Fortschritte in der englischen Sprache gemacht, dass der gute, alte Lehrer kaum noch nach kam, so sehr er sich auch bemühte, die Burschen waren einfach schon zu gut.

Und natürlich, durch die ganzen Tumulte und Aufregungen der letzten Zeit waren sie auch nicht weniger aufsässig und anstrengend geworden, und so überraschte es mich nicht wirklich, dass mich der alte Oberlehrer wirklich mit offenen Armen zurück empfing.

Generell war die Stimmung aber nicht sonderlich gut und man konnte die Spannungen, die in der Luft lagen nur über deutlich spüren. Von allen Seiten wurde ich mit skeptischen Blicken angesehen, und auch dem armen Dara gingen seine ehemaligen Kollegen und Brüder aus dem

Weg. Keiner zeigte zwar offen seinen Ärger oder seinen Unmut, dazu war hier die angebliche Toleranz zu groß, aber im zwischenmenschlichen Umgang spürte man es deutlich. Dazu musste man kein Hellseher oder besonders feinfühlig sein.

Und mein geliebter Mann litt Höllenqualen, die er aber tapfer und ganz für sich austragen wollte. Ganz im Sinne seines Glaubens wusste er, er hatte sich diese Sache selber zu zuschreiben, und musste sie daher auch selbst ertragen. Er sah es auch als zusätzliche Prüfung, auf seinem Weg durch dieses Leben.

Ich konnte mit diesem, wie man in der westlichen Welt wohl sagen würde, Mobbing, nicht so gut umgehen, hatte Schuldgefühle und fühlte mich ganz einfach schlecht. Trost fand ich zu Hause eher bei meiner lieben Freundin, als bei Dara, der meine Sorgen nicht so richtig verstehen wollte, denn in seinen Augen war die Behandlung, die wir nun erlitten, selbst herbeigeführt und nur natürlich, also durfte ich mich auch nicht beschweren. Seine Devise war: „Das Leiden mit Demut ertragen, und sich freuen über die Aufgabe und die Möglichkeit, daran zu wachsen!"

Lucy aber verstand mich auf Anhieb und sie überlegte auch krampfhaft, wie sie mich dabei nun unterstützen konnte. Auch ihr war klar, dass ich die Jungs jetzt trotzdem nicht einfach in Stich lassen wollte, obwohl es wohl der natürlichste und einfachste Weg gewesen wäre, den Dienst zu quittieren und sich eine neue Arbeitsstelle zu suchen. Diese Option kam Dara sowieso nicht in den Sinn, denn vor Problemen davonzulaufen, das war nicht seine Art.

Also arbeiteten wir weiter, ich versuchte die Blicke, die sich auf meinen nun doch schön langsam wachsenden Bauch hefteten, zu ignorieren, genoss die Momente, an denen ich mich mit Damrong unterhalten konnte, und kümmerte mich am Tempelgelände um nichts als meine Jungs. Natürlich waren Dara und ich auch so taktvoll, unsere Beziehung nicht öffentlich zur Schau zu stellen, aber das war auch nicht nötig, es wussten alle Bescheid und verurteilten uns doch, im insgeheimen dafür.

Auch zu Hause in den eigenen vier Wänden lief es etwas holprig, nicht, weil wir uns nicht liebten, nein, ganz im Gegenteil, ich brannte lichterloh für den Mann, der alles für mich aufgegeben hatte und er vergötterte mich, aber trotzdem war der Alltag schwieriger als erwartet. Ich hatte ja auch keine Ahnung, was da auf mich zukommen würde, gab es ja keine Vergleichsmöglichkeiten zu irgendwelchen bisherigen Beziehungen.

Dara fand sich schwer in das Leben eines normalen Bürgers hinein, was ja auch nicht verwunderlich war, kannte er doch nur das Tempelleben. So sehr er sich jeden Tag freute, frei zu sein, so sehr kämpfte er auch mit seinen Gefühlsschwankungen. Er wurde auch zunehmend unsicherer, je mehr uns seine alten Kollegen anfeindeten und mieden, und so bildete er sich auch oft unter fremden Menschen ein, sie würden uns wegen unserer Geschichte meiden. „ Aber Liebling, die wissen doch gar nicht, wer wir sind, wir leben in einer Stadt mit ein paar millionen Einwohnern, eine größere Anonymität gibt es wohl nicht...mach dir nicht immer so viele Sorgen und verhalte dich natürlich, dann behandeln dich die Mitmenschen auch normal!" Immer wieder musste ich ihn so aufmuntern, beruhigen und mental unterstützen. Er fühlte sich pausenlos, als würde man ihm sein „Mönchs-Ich" ansehen, und so begann er sein Äußeres drastisch zu verändern. Er informierte sich in sämtlichen Zeitungen und Magazinen, wie denn ein echter Mann auszusehen hätte und eiferte dann seinen Idolen nach. Die Haare wuchsen und kringelten sich bald über den Kragen und eine Strähne seiner Stirnfransen trug er immer keck ins Auge fallend. Nicht, dass mir diese optische Veränderung nicht gefiel, er war immer noch ein Bild für Götter und der neue Look stand ihm hervorragend, aber ich hatte Angst, ihn, den echten Dara zu verlieren.

Die kulturellen Unterschiede machten sich auch in unserem zwischenmenschlichen Umgang bemerkbar. Währen mein Geliebter zu Hause nicht die Finger von mir lassen konnte, ständig an mir klebte und die ganze Zeit am Liebsten nackt im Bett verbringen würde, ging er an der Öffentlichkeit eher distanziert um. Sicher, Thailänder küssen sich nicht auf offener Straße, es gibt da den sogenannten Schnupperkuss, wo man einfach mit der Nase kurz an des anderen Wange rubbelt, aber auf den Mund geküsst wird hier an uns für sich nicht, gibt es ja nicht einmal das freundschaftliche Begrüßungsbussi!

Aber auch hier haben sich die Zeiten mittlerweile ein wenig geändert, die jungen Leute, auch die Einheimischen gehen Händchen haltend durch die Gegend, schmiegen sich im Bus oder im Restaurant aneinander und küssen sich. Die heutige Generation ist da schon etwas moderner und aufgeschlossener, und, es ist nicht so, dass öffentlich gezeigte Zuneigung verboten wäre, nicht so wie in moslemischen Ländern, wo man das ja akzeptieren muss, es war in Thailand halt einfach nie üblich, da man andere Formen der Begrüßung und der Zuneigung kannte.

Und so konnte ich es wirklich nicht verstehen, und wollte es auch nicht tolerieren, dass Dara auf der Straße neben mir her lief wie ein Fremder. Ich wollte, dass man uns als Paar erkennt, und oft hatte ich ein wenig das Gefühl, als würde er sich schämen. Nicht nur für sein gebrochenes Gelübde und sein ehemaliges Leben, nein, eher, dass er mit einer Weißen, einer Farang zusammen war. Aber so sehr ich auch bohrte und nachfragte, ich bekam eigentlich keine Antwort auf mein „Warum und wieso!", da stellte sich mein Liebster einfach taub.

Eine typisch thailändische Art. Etwas Unangenehmes aus der Welt zu schaffen, war hier nicht üblich, und gerade dieser Wesenszug brachte mich oft an den Rand der Verzweiflung. Streit und Meinungsverschiedenheiten wurden einfach unter den Teppich gekehrt.

Auch im direkten Dialog gab es größere und kleinere Zwiste. Denn, wenn man die Sprache des Anderen nicht hundertprozentig beherrscht, dann ist die Gefahr für Missverständnisse immer groß. Oft lag es nur an der falschen Betonung, dem falschen Gesichtsausdruck oder der falschen Wortwahl, dass sich Dara sofort beleidigt zurückzog. Ebenfalls konnte er mit Sarkasmus nichts anfangen und wenn ich irgendwelche Sätze und Situationen ironisch kommentierte, war der Ärger vorprogrammiert.

Im Gegenzug aber lief ich Amok, wenn ich meinen Schatz wieder bei einer wirklich offensichtlichen Lüge erwischte. Das war dann zwar nichts gravierendes, aber Lüge bleibt Lüge und meist ging es nur um Kleinigkeiten, die ihm einfach in dem Moment das Leben erleichterten. Fragte ich ihn ob er die Blumen gegossen hatte, sagte er „Ja, natürlich mein Herz!", obwohl er es gar nicht getan hatte, nur um einer Konfrontation aus dem Weg zu gehen, oder erklären zu müssen, warum er bis jetzt noch keine Zeit gefunden hatte, mir diese Arbeit wie versprochen abzunehmen.

Er ging einfach den Weg des geringsten Widerstandes. Und mich ließ es aus der Haut fahren, und das konnte ich nicht mit einem Lächeln übersehen, nein, das musste aus mir heraus, die Hormone taten ihr Übriges, und schon waren wir wieder inmitten eines ordentlichen Kraches. Zum Schluss waren wir beide unglücklich, ich weinte meist, da waren auch die Hormone schuld, hoffe ich....und beide zweifelten wir an der wirklichen und aufrichtigen Liebe des anderen.

Lucy war mir da auch keine große Hilfe, denn sie stellte sich natürlich automatisch auf meine Seite, keifte oft genug dann den armen Dara auch noch an, wurde sogar ziemlich laut, wenn sie mitbekam, wie er mich wieder zum Weinen gebracht hatte und wir trudelten immer weiter die Spirale des Streitens hinunter.

Kamen Freunde zu Besuch, war es auch sehr speziell. Waren es thailändische Freunde, waren es ohnehin Freunde von mir oder Lucy, denn Daras Leben hatte sich bis jetzt nur im Tempel abgespielt, und so etwas wie echte Freundschaft kannte er nicht wirklich, mein armer Mann. Obwohl im Tempel alle „befreundet" sind, ist es doch eher zu verstehen wie eine Wohngemeinschaft der Brüderlichkeit und für echte und tiefe Gefühle ist dort kaum Platz.

Und die wenigen Mitmönche, die meinem Liebsten immer noch treu zur Seite standen, wollten uns in der jetzigen Situation auch nicht besuchen, um nur ja das Gesicht nicht zu verlieren, oder sich irgendeiner Konfrontation stellen zu müssen. Auch diese lieben Mönche fürchteten nichts mehr, als öffentlich Stellung nehmen zu sollen, oder Partei ergreifen zu müssen. Nach dem Motto: „Da gehen wir lieber nicht hin!", kam uns also niemand aus der Tempelgemeinschaft besuchen.

Und bei Freunden von Lucy und mir, da stieß es Dara immer leicht säuerlich auf, weil er halt unsere Kultur des freundschaftlichen Zusammenseins nicht verstehen wollte oder konnte. Schon die Begrüßung mit Küsschen und Bussi machte ihm schwer zu schaffen. Aber bei aller Liebe, das ließ ich mir von ihm nicht wegnehmen, meine Freunde wurden immer so begrüßt und werden auch immer mit einem herzlichen Schmatz auf die Backen empfangen werden. Obwohl es natürlich leichter gewesen wäre, dies zu lassen und dafür dann nicht Daras säuerlich enttäuschtes Gesicht sehen und ertragen zu müssen.

Zu allem Übel kämpften die Zwillinge Jay und Lee auch gerade mit allem und jedem und ganz besonders der kleine Tai musste fast täglich einstecken. Sie ärgerten ihn indem sie ihm seine liebsten und ohnehin bescheidenen Habseligkeiten versteckten, ließen seine Schulsachen verschwinden, versteckten seine Klamotten nach dem Duschen, alles in allem waren es mehr oder weniger harmlose Jungenstreiche, aber Tai nahm sich alles so sehr zu Herzen, dass er noch mehr weinte als zuvor, und noch anhänglicher wurde.

Ständig hing er zärtlich an mir und wollte ich nach getaner Arbeit das Tempelgelände verlassen, war das Theater groß. Immer wieder suchte er nach neuen Ausreden, warum er mich noch brauchte und so beschloss ich einfach, ihn mit nach Hause zu nehmen. Leider ohne dies vorher mit meinem Liebsten Dara abzusprechen. Ich dachte mir auch gar nichts böses dabei, war es doch auch sein Schützling, aber meistens kommt es anders als erwartet und wir hatten wieder einmal eine etwas lautstärkere Auseinandersetzung.

„Warum halst du dir denn jetzt in deinem Zustand noch mehr Arbeit und Verantwortung auf? Willst du damit von unseren Problemen ablenken oder davon laufen? Du kannst auch nicht einfach einen Jungen aus der Gruppe herausnehmen und ihn so bevorzugen. Was glaubst du denn, wie sich dabei die anderen fühlen? Manchmal glaube ich, du denkst überhaupt nicht mit, handelst nur spontan, wie es dir in den Sinn kommt und ich zweifle allen Ernstes an deinen pädagogischen Fähigkeiten!"

So musste ich also einstecken, und ihm natürlich auch in gewisser Weise recht geben, denn dass sich die anderen Jungs benachteiligt fühlen könnten, daran hatte ich tatsächlich nicht gedacht, und es war mir jetzt rückblickend doch etwas peinlich und unangenehm. Aber Tai blühte auf und bestärkte mich damit, doch das Richtige getan zu haben. Was meinen Zustand betraf, so stellte Tais Anwesenheit überhaupt kein Problem dar. Ganz im Gegenteil, unterstützte er mich doch bei der Hausarbeit und zwang mich durch sein verlangen für kuschelige Vorlesestunden immer wieder zur Ruhe.

Ich nahm mir vor an diesem Abend genau über dieses Thema noch einmal intensiv mit meinem Liebsten zu sprechen. Ich hatte mir fest vorgenommen, den kleinen Tai zu adoptieren. Ich hatte mich erkundigt und sobald ich und Dara verheiratet wären, würde der Adoption nichts mehr im Weg stehen.

Der Clash der Kulturen

Ich hatte ja bereits gelernt, dass es gravierende Unterschiede zwischen unseren Kulturen gibt. Alleine durch ein unachtsam verwendetes Wörtchen wie Fuck oder Fucking kann man hier langjährigen Freundschaften den Garaus machen. So passiert mit meiner Vermieterin, die sich wirklich zu einer lieben Freundin entwickelt hatte und mit der wir jeden Tag eng im Kontakt standen. Eines Tages aber fragte ich sie, wann sie denn nun endlich dieses fucking door beseitigen wolle, das unmotiviert mitten in unserem Haus stand. Es war wirklich so, dass beim Hintereingang gleich neben der Türe mitten im Wohnbereich oder besser gesagt im Küchenbereich noch einmal eine Türe war. Die war wohl einmal wichtig, als das Haus als Shophouse verwendet wurde und als noch eine Zwischenmauer existierte. Doch jetzt sah es nur komisch aus und störte. Molly hatte es mir zum Einzug versprochen, sich um die Entfernung zu kümmern. Das geschah dann natürlich nicht und nach mehr als einem Jahr riss mir der Geduldsfaden und ich fragte sie ein weiteres

Mal danach. Leider verwendete ich das Wort fucking door. Und egal wie westlich eingestellt sich die Gute immer gegeben hatte, das war genug für sie, um mich nun mit Nichtbeachtung zu strafen. Von diesem Tag an kommunizierte sie nur mehr über ihre Eltern, via Messenger oder einer Maklerin mit mir. Auch gut und wieder etwas gelernt.

Nun ist es aber noch schwieriger, wenn du einen Partner hast, der aus einer so fremden Kultur stammt. Ich habe immer in diversen Foren gelesen, welche Probleme manche Männer mit ihren Thaifrauen hatten und dachte stets, das sei übertrieben. Viele Thaifrauen gelten als sehr eifersüchtig und Thai-Männer gehören weltweit zu den fleißgsten Fremdgehern. Gut, vor beidem musste ich mich nicht wirklich fürchten, obwohl mein Herz bereits eifersüchtige Züge anklingen ließ, doch generell war er in diesen Beziehungen wirklich ausgeglichen.

Bei uns war tatsächlich das größte Problem, dass mein Schatz absolut keine Streitkultur hatte oder kannte. Dadurch war auch keine ordentliche Diskussion möglich. Natürlich war auch ich immer darauf bedacht, dass alles harmonisch ablief. Doch geht das nicht immer. Man muss einfach Reibungspunkte finden und seine Meinung vertreten, um Kompromisse schließen zu können. Für mich war es einfach schrecklich einen Partner zu haben, der jeder Konfrontation gepflegt aus dem Weg ging. Und dennoch war Dara immer noch mein absoluter Traummann und ich vergötterte diesen schönen, störrischen Mann, der einfach nie gelernt hatte, wie man eine Beziehung führt. Woher auch. Er hatte nie eine Familie, konnte sich nie ein Vorbild an den Eltern nehmen und im Tempel war das soziale Miteinander nicht mehr als ein respektvolles Nebeneinander.

All diese Gedanken gingen mir durch den Kopf, während ich mich auf das vermutlich anstrengende Gespräch vorbereitete. Ich wollte einfach, dass alles in unserem Leben perfekt klappte. Wie gesagt, ich war schon immer sehr harmoniesüchtig und für mich war es aber auch schrecklich, wenn ich nicht genau wusste, ob ich meinen Liebsten auch wirklich glücklich machte. Wenn jemand seine Gefühle so unter Kontrolle hat, dann ist es schwierig.

Zusammen mit Lucy kochte ich ein leckeres Essen. Mit Essen konnte man Dara immer einwickeln. Erst durch mich hat er gelernt, dass ein gepflegtes Essen ein wahres Fest sein kann. Diese Eigenschaft hat er sich sehr schnell angeeignet und durchwegs keine Probleme damit gehabt.

Während unseres Gesprächs wollte Lucy sich aber verabschieden, denn sie wurde einfach zu schnell ungeduldig, wenn Dara so verbohrt war. Und Lucy konnte durchaus aufdrehen und oft hatte ich Angst, dass sie Dara ordentlich eine aufs Schienbein schlagen würde.

Wir hatten also ein herrliches 3-Gänge Menü vorbereitet und ich hatte den Tisch romantisch gedeckt. Wir wollten am Couchtisch essen, einfach weil man da besonders romantisch und eng aneinander gekuschelt essen kann. So ist die Atmosphäre von Anfang an weniger steif, als wenn wir uns am Esstisch gegenüber sitzen würden.

Dara kam nach Hause und ich empfing ihn mit einer festen Umarmung, einem langen Kuss und wir blickten uns verliebt, lange und tief in die Augen. Wieder hüpfte augenblicklich mein Herz. Ich konnte mein Glück immer noch nicht fassen, einen so liebevollen und schönen Mann an meiner Seite zu haben.

Ich war kurz davor, meine Pläne wieder über Bord zu werfen und mit Dara einfach einen gemütlichen Abend zu genießen. Doch dann raffte ich mich schweren Herzens doch auf, denn das was mir so sehr auf dem Herzen brannte, das ließ sich einfach nicht mehr aufschieben.

Ich stellte den köstlichen Papayasalat auf den Tisch, holte noch etwas Klebreis dazu und seufzte tief. Dara sah mich an und er wusste ganz genau, dass nun Nägel mit Köpfen gemacht werden mussten.

„Mein Schatz, bitte höre mir jetzt einfach zu. Versuche mich nicht zu unterbrechen und egal was ich auch sage, wie auch immer du es auffasst, es ändert nichts daran, dass ich dich aus ganzem Herzen liebe. Dieses Gefühl ist stärker als alles andere und ich will mein restliches Leben mit dir verbringen. Nur damit dies für uns zwei harmonisch und angenehm wird, müssen wir einfach einige Dinge besprechen."

Ich drückte Daras Hand, und lächelte ihn aufmunternd an. Sein Blick war unsicher und ich konnte spüren, wie unwohl er sich fühlte. Ganz entgegen seiner Art aß er auch sehr langsam und es schien, als würde ihm beinahe jeder Bissen im Hals stecken bleiben.

„Ich weiß, dass ich dich mit dem kleinen Tai überrumpelt und vor vollendete Tatsachen gestellt habe. Und das tut mir auch von Herzen leid. Doch der kleine Mann würde im Tempel zu Grunde gehen. Er hängt mit so einer immensen, zärtlichen Liebe an uns beiden. Und da wären wir auch schon beim ersten Thema. Ich möchte, dass wir beide den kleinen Tai adoptieren. Ich habe mich auch bereits erkundigt und wir müssen nur heiraten, dann würde dem Projekt nichts mehr im Wege stehen. Ich weiß auch, dass dies jetzt wenig romantisch klingt. Doch ich möchte ohnehin noch bevor unser gemeinsames Kind zur Welt kommt, deine Frau werden. Schon alleine aus Visa-Gründen wäre dies eine immense Erleichterung für mich. Und außerdem kann ich mir nichts Schöneres vorstellen, als deine Frau zu sein."

Ich bemerkte, wie Dara schluckte. Er war eindeutig mit der Situation überfordert. Ich rückte an ihn heran und kuschelte mich an ihn an. Ich nahm sein Gesicht, sein wunderschönes Gesicht, in meine Hände und blickte ihm hypnotisierend in die Augen. Ich versuchte zu lesen, was in seinem hübschen Kopf vor sich ging.

Dara küsste mich und der Kuss fühlte sich an wie der Kuss eines Ertrinkenden. Als wir uns wieder voneinander lösten antwortete er: „Natürlich möchte ich dich auch heiraten und auf jeden Fall noch bevor das Kind auf der Welt ist. Und ich bin ja auch deiner Meinung, dass Tai bei uns besser aufgehoben ist. Ich war nur so unendlich verletzt, weil ich mich so übergangen gefühlt hatte. Am liebsten würde ich bereits morgen mit dir nach Bang Rak fahren und unsere Ehe eintragen lassen. Daran solltest du niemals zweifeln mein Schatz."

Ich war fast ein wenig schockiert, wie einfach das Ganze gegangen ist. Ich umarmte meinen strahlenden Stern und fing hemmungslos zu weinen an. Dara küsste mir meine Tränen weg und mahnte mich, mich nicht zu sehr aufzuregen. „Denk an unser süßes Baby, dem tut es nicht gut, wenn du so weinst" Diese Worte trösteten mich etwas und ich konnte mich etwas beruhigen. Ich erklärte ihm aber auch, dass dies Freudentränen waren. Auch das kannte er in diesem Sinne nicht und ich bemerkte auch, dass ihn meine Tränen irgendwie peinlich berührten.

Männer können meist von Natur aus schlecht mit weinenden Frauen umgehen. Thailändische Männer noch schlechter, da man hier die Gefühle nicht so offen präsentiert. Und mein Schatz hatte mit

Emotionen besonders viele Probleme, da er damit in seinem bisherigen Leben noch nie so intensiv konfrontiert wurde. In Thailand wird man ständig mit den Worten „Chai yen yen" – bewahre dir dein kaltes Herz gemahnt, die Emotionen runter zu fahren. Das prägt natürlich und ich konnte ihm dafür absolut keine Vorwürfe machen.

Wir rückten nun etwas voneinander ab, hielten uns jedoch fest an beiden Händen und blickten uns liebevoll an. „Dann werden wir nun also so schnell als möglich unsere Hochzeit planen" Aus dem Mund von meinem Liebsten hörte sich dieser sehr nüchterne Satz dennoch an wie der schönste Heiratsantrag der Welt. Innerlich jauchzte ich voll Freude und ich versuchte Dara zuliebe nun, meine Freudentränen zu unterdrücken.

Ich wollte meinen Schatz nun aber auch nicht weiter quälen und beschloss für mich, dass die Unterhaltung für den heutigen Tag abgeschlossen war. Wir aßen das köstliche Menü fertig auf und warteten gemeinsam darauf, dass Tai vom Tempel nach Hause kam. Wir wollten die Sache natürlich mit ihm besprechen und ihn auch fragen, was er von der Idee halten würde.

Kurze Zeit später kam der Knirps auch nach Hause und wie erwartet, war er absolut glücklich. „Ich muss nie wieder im Tempel schlafen? Ich muss nie wieder von euch getrennt sein?" Wir versprachen es ihm und als er fragte ober von nun an auch Mama und Papa zu uns sagen dürfte, da waren auch die letzten Zweifel von Dara wie weggeschmolzen.

Unsere Hochzeit in Bang Rak

Bang Rak ist ein Stadtteil Bangkoks. Übersetzt heißt Bang Rak Dorf der Liebe. Das Standesamt in diesem Bezirk war vielleicht aus diesem Grund das beliebteste der Metropole. Natürlich wollten auch wir hier heiraten. Wir bekamen auch sofort für die nächste Woche einen Termin und ich hatte rasch von der österreichischen Botschaft meine benötigten Dokumente erhalten.

Wir heirateten im sehr kleinen Kreis. Lucy war meine Trauzeugin, Daras Bruder kam und war sein Trauzeuge. Am Standesamt selbst waren nur wir vier und der kleine Tai anwesend. Zur Feier im Anschluss hatten wir einige gemeinsame Freunde und natürlich unsere Jungs und unsere Nachbarn eingeladen.

In der Gasse vor unserem Haus hatten wir ein Zelt aufgebaut und Lucy hatte ein schönes Catering organisiert. Die Feier war lustig und sehr harmonisch. Vielleicht nicht gerade das, was man sich als rauschendes Fest vorstellt, aber wir waren alle glücklich.

Das absolute Highlight aber war das Geschenk von Daras Bruder. Ich erfuhr auf diesem Fest eigentlich erst richtig, was aus Somsak, Daras Bruder geworden war und warum dieser seinen Bruder immer so großzügig unterstützen konnte. Sein Bruder hatte sich quasi von Null zu einem Self-made Millionär hinaufgearbeitet und verdiente mit seiner Firma und Immobilien eine ganze Menge Schotter. Mir blieb vor Staunen der Mund offen und ich denke, auch Dara hatte bis zu diesem Gespräch keine Ahnung, wie wohlhabend sein Bruder in Wirklichkeit war.

Er machte uns ein Angebot, das wir nicht ausschlagen konnten. Somsak wollte in eine Stiftung investieren und eine Art Kinderheim gründen. Uns beide hatte er als Geschäftsführer vorgesehen. Auch hatte er dafür schon einige passende Immobilien ins Auge gefasst. In den nächsten Tagen wollte er uns auch seinen Favoriten zeigen.

Wir sollten fest angestellt werden, auf dem Gelände leben und uns um die Jungs kümmern. Zusätzlich aber sollten auch qualifizierte Lehrkräfte eingestellt werden und die Stiftung sollte auch eine Art private Schule inkludieren. Somsak hatte auch dazu bereits alle Informationen und Papiere vom Ministerium für Unterricht und Erziehung eingeholt. Wahrscheinlich ließ er auch dafür ordentlich seine Kontakte spielen. Doch in diesem Fall hatte ich absolut nichts gegen ein bisschen Vetternwirtschaft.

Unser neues Projekt

Das Gelände für unsere Schule und die Stiftung war einfach zauberhaft. Auf dem großen Areal befand sich ein wirklich zauberhaftes Haus. Es war sehr modern und ich war vom ersten Moment an verliebt. Die Wohnräume und Zimmer waren alle aus Schiffscontainern gebaut. Ein großer Pool befand sich am Grundstück, ebenso wie ein Fußballplatz, ein Grillplatz und ein Basketballplatz.

Auf einer großen Wiese standen ebenfalls vier große Tippies und ich hatte sofort unzählige Ideen, wie man diese nutzen könnte. Die Schulräume waren ebenfalls aus Schiffscontainern errichtet und befanden sich an der Rückseite des Grundstücks.

Ich konnte mich kaum sattsehen und wanderte immer wieder von einem Raum in den nächsten. Alle Container besaßen am Dach eine Terrasse und es war insgesamt Platz für mindestens 15 Kinder. Unser Privathaus war riesig und die Fronten bestanden fast nur aus riesigen Fenstern. Ebenfalls am Grundstück befanden sich drei kleine Wohnungen für eine Maid, eine Köchin und einen Hausmeister.

Somsak erklärte und auch, dass es kein Problem wäre, noch weitere Wohnräume zu bauen. Er wusste genau, was in meinem Kopf vorging. Natürlich wollte ich auch Lucy in unser Projekt miteinbeziehen. Ich wollte auch meine beste Freundin, die mir hier eine so große Hilfe und Unterstützung war, immer an meiner Seite haben. Sie sollte ebenfalls Teilhaberin der Firma werden. So wären auch in Zukunft ihre Visaprobleme und die Sache mit dem Workpermit geklärt. Wir packten ordentlich an und schon nach kurzer Zeit siedelten wir um. Molly war zwar über unsere Kündigung nicht begeistert, da sie nach meinem Fauxpas aber ohnehin nicht mehr mit mir sprach, war dies für mich auf emotionaler Ebene kein großer Verlust.

Für Lucy wurde aus drei Containern ein schnuckeliges, kleines Haus errichtet und sie war absolut happy mit dieser Lösung. Natürlich hatten wir während dieser Zeit immer wieder mittlere Dramen, weil Dara immer dachte, mich in Watte packen zu müssen. Er wollte es mir einfach nicht glauben, dass ich nur schwanger und nicht krank war. Auf der einen Seite war das absolut rührend, auf der anderen Seite aber auch nervend.

Nach zwei Monaten aber war es so weit und wir konnten unser Heim für Jugendliche eröffnen. Fürs erste nahmen wir nur unsere Jungs vom Tempel zu uns. Wir wollten erst sehen, wie sich die Situation entwickelte. Außerdem war es für die Jungs genug Umstellung und wir wollten sie nicht noch zusätzlich mit Neuankömmlingen überfordern.

Anfangs half ich noch tatkräftig mit, doch als unser kleines Mädchen, das wir Lek tauften, zur Welt kam, zog ich mich vom Tagesgeschäft etwas zurück und kümmerte mich mehr um die Verpflegung der Jungs und die Freizeitgestaltung. Überraschenderweise lief alles reibungslos.

Finanziell konnten wir natürlich keine großen Sprünge machen, da das Projekt und die Stiftung von Daras Bruder finanziert wurde. Doch das war uns zu diesem Zeitpunkt kein Problem. Wir lebten gut und glücklich. Etwas Geld nebenbei verdienten wir durch Yoga und Meditationskurse, die wir anboten. Zusätzlich vermieteten wir die Tippies und zwei der Container über Airbnb und so kam auch hier immer wieder etwas Geld in unsere Haushaltskasse.

Gemeinsam mit den Jungs legten wir einen kleinen Gemüsegarten an. Die Knaben waren glücklich und stolz auf das selbstgezogene Gemüse und als Dara mit ihnen einen Hühnerstall baute, waren sie aus dem Häuschen. Wir hatten bald auch eine nette Hühnerschar und jeden Tag kam ein anderer der Jungs an die Reihe, um die Eier einzusammeln.

Wir lebten in einer absoluten Idylle. Die Adoption von Tai war ebenfalls reibungslos über die Bühne gegangen und der kleine Junge liebte seine kleine Schwester abgöttisch. Wenn wir oft abends zusammensaßen, die Kinder alle bereits im Bett waren und wir unsere Elternzeit genossen, so hielten wir uns einfach wie früher nur an den Händen, küssten uns und blickten uns tief in die Augen.

Wenn mir vor drei Jahren jemand erzählt hätte, wie sehr sich mein Leben verändern würde, ich hätte es nicht für möglich gehalten. Mein Leben war ein absoluter Traum und wenn ich an meine unglückliche Zeit zurückdachte, so kam es mir vor wie ein total anderes Leben.

Heute fragt mich mein Mann immer öfter, ob ich mir für unsere zwei Kinder nicht noch ein weiteres Geschwisterchen wünschen würde. Und ganz ehrlich, auch bei mir kommt immer häufiger die Sehnsucht nach einem weiteren Winzling auf. Doch ich stresse mich damit nicht mehr. Ich habe bereits jetzt alles, was ich mir niemals erträumt hätte. Wird dies noch durch ein weiteres Kind gekrönt, so wird die Freude natürlich groß sein. Ist uns kein weiteres Kind mehr vergönnt, so ist dies auch in Ordnung. Ich lebe mit allen wichtigen Menschen zusammen, genieße eine absolute Freiheit und bin jeden Tag einfach nur dankbar.